U0840634

我的小清欢

季羡林 著

中国纺织出版社有限公司

内 容 提 要

本书主要收录了季羡林先生读书、阅世、忆友、记趣的散文作品，既有对中国优秀传统文化的热爱，又有不喜不惧的处世态度，还有先生对朋友、对生活趣事的描写、追忆与歌颂，亦是先生九十多年人生智慧的总结和心灵独白。文章情真意切，言辞谦逊，大气有趣，能给青少年以启迪，亦能给成年人鼓励。

图书在版编目（CIP）数据

我的小清欢／季羡林著．-- 北京：中国纺织出版社有限公司，2020.9

ISBN 978-7-5180-7718-2

Ⅰ．①我… Ⅱ．①季… Ⅲ．①散文集—中国—当代 Ⅳ．①I267

中国版本图书馆 CIP 数据核字（2020）第 140112 号

策划编辑：李满意　胡　明　　责任编辑：张　强

责任校对：王花妮　　责任印制：王艳丽

中国纺织出版社有限公司出版发行

地址：北京市朝阳区百子湾东里 A407 号楼　邮政编码：100124

销售电话：010—67004422　传真：010—87155801

http: //www.c-textilep. com

中国纺织出版社天猫旗舰店

官方微博 http://weibo.com/2119887771

天津千鹤文化传播有限公司印刷　各地新华书店经销

2020 年 9 月第 1 版第 1 次印刷

开本：880 × 1230　1/32　印张：7.5

字数：135 千字　定价：45.00 元

季羡林与好友在八十八华诞上的合影

季羡林与爱猫

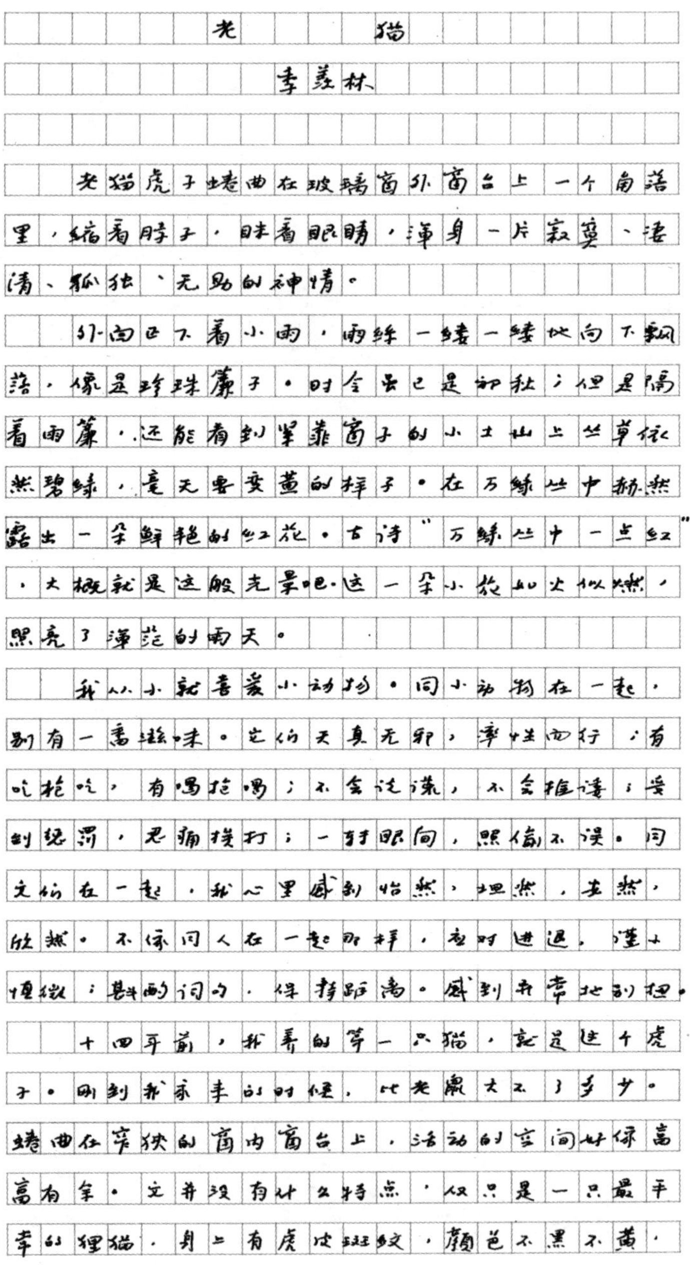

老猫

季羡林

老猫虎子蜷曲在玻璃窗外窗台上一个角落里，缩着脖子，眯着眼睛，浑身一片寂寞、凄清、孤独、无助的神情。

外面正下着小雨，雨丝一缕一缕地向下飘落，像是珍珠帘子。时令虽已是初秋，但是隔着雨帘，还能看到紧靠窗子的小土山上丛草依然碧绿，毫无要变黄的样子。在万绿丛中赫然露出一朵鲜艳的红花。古诗"万绿丛中一点红"，大概就是这般光景吧。这一朵小花如火似燃，照亮了浑茫的雨天。

我从小就喜爱小动物。同小动物在一起，别有一番滋味。它们天真无邪，率性而行；有吃抢吃，有喝抢喝；不会说谎，不会推诿；受到惩罚，忍痛挨打；一转眼间，照偷不误。同它们在一起，我心里感到怡然，坦然，安然，欣然。不像同人在一起那样，应对进退，谨小慎微；斟酌词句，保持距离。感到异常地别扭。

十四年前，我养的第一只猫，就是这个虎子。刚到我家来的时候，比老鼠大不了多少。蜷曲在窄狭的窗内窗台上，活动的空间好像富富有余。它并没有什么特点，仅只是一只最平常的狸猫，身上有虎皮斑纹，颜色不黑不黄，

季羡林稿纸（20×25＝500）　　第一页

《老猫》手稿（部分）

目录

读书 第一辑

阅世 第二辑

第三辑 忆友

第四辑 记趣

第一辑

读书

我的书斋

最近身体不太好。内外夹攻，头绪纷繁，我这已届耄耋之年的神经有点吃不消了。于是下定决心，暂且封笔。乔福山同志打来电话，约我写点什么，我遵照自己的决心，婉转拒绝。但一听说题目是“我的书斋”，于我心有戚戚焉，立即精神振奋，暂停决心，拿起笔来。

我确实有个书斋，我十分喜爱我的书斋。这个书斋是相当大的，大小房间，加上过厅、厨房，还有封了顶的阳台，大大小小，共有八个单元。册数从来没有统计过，总有几万册吧。在北大教授中，“藏书状元”我恐怕是当之无愧的。而且在梵文和西文书籍中，有一些堪称海内孤本。我从来不以藏书家自命，然而坐拥如此大的书城，心里能不沾沾自喜吗？

我的藏书都像是我的朋友，而且是密友。我虽然对它们并不是每一本都认识，它们中的每一本却都认识我。我每一走进我的书斋，书籍们立即活跃起来，我仿佛能听到它们向我问好的声音，我仿佛能看到它们向我招手的情景。倘若有人问我，书籍的嘴在什么地方？而手又在什么地方呢？我只能说：“你的根器太浅，努力修持吧。有朝一日，你会明白的。”

我兀坐在书城中，忘记了尘世的一切不愉快的事情，怡然自得。以世界之广，宇宙之大，此时却仿佛只有我和我的书友存在。窗外粼粼碧水，丝丝垂柳，阳光照在玉兰花的肥大的绿叶子上，这都是我平常最喜爱的东西，现在也都视而不见了。连平常我喜欢听的鸟鸣声“光棍儿好过”，也听而不闻了。

我的书友每一本都蕴涵着无量的智慧。我只读过其中的一小部分，这智慧我是能深深体会到的。没有读过的那一些，好像也不甘落后，它们不知道是施展一种什么神秘的力量，把自己的智慧放了出来，像波浪似涌向我来。可惜我还没有修炼到能有“天眼通”和“天耳通”的水平，我还无法接受这些智慧之流。如果能接受的话，我将成为世界上古往今来最聪明的人。我自己也去努力修持吧。

我的书友有时候也让我窘态毕露。我并不是一个不爱清洁和秩序的人。但是，因为事情头绪太多，脑袋里考虑的学术问题和写作问题也不少，而且每天都收到大量的寄来的书籍和报纸杂志以及信件，转瞬之间就摞成一摞。在这样的情况下，如果我需要一本书，往往是遍寻不得，“只在此屋中，书深不知处”，急得满头大汗，也是枉然。只好到图书馆去借。等我把文章写好，把书送还图书馆后，无意之间，在一摞书中，竟找到了我原来要找的书，“得来全不费工夫”。然而晚了，工夫早已费过了。我啼笑皆非，无可奈何，等到用另外一本书时，再重演一次这出喜剧。我知道，我要寻找的书友，看到我急得那般模样，会大声给我打招呼的，但是喊破了嗓子，也无济于事，我还没有修持到能听懂书的语言的水平。我还要加倍努力去修持。我有信心，将来一定能获得真正的“天眼通”和“天耳通”。只要我想要哪一本书，那一本书就会自己报出所在之处，我一伸手，便可拿到，如探囊取物。这样一来，文思就会像泉水般地喷涌，我的笔变成了生花妙笔，写出来的文章会成为天下之至文。到了那时，我的书斋里会充满了没有声音的声音，布满了没有形象的形象。我同我的书友们能够自由地互通思想，交流感情。我的书斋会成为宇宙间第一神奇的书斋，岂不猗欤休哉！

我盼望有这样一个书斋。

1993 年 6 月 22 日

藏书与读书

有一个平凡的真理，直到耄耋之年，我才顿悟：中国是世界上最喜藏书和读书的国家。

什么叫书？我没有能力，也不愿意去下定义。我们姑且从孔老夫子谈起吧。他老人家读《易》，至于韦编三绝，可见用力之勤。当时还没有纸，文章是用漆写在竹简上面的，竹简用皮条拴起来，就成了书。翻起来很不方便，读起来也有困难。我国古时有一句话，叫作“学富五车”，说一个人肚子里有五车书，可见学问之大。这指的是用纸做成的书，如果是竹简，则五车也装不了多少部书。

后来发明了纸。这一来写书方便多了；但是还没有发明印刷术，藏书和读书都要用手抄，这当然也不容易。如果一个人抄的话，一辈子也抄不了多少书。可是这丝毫也阻挡不住藏书和读书者的热情。我们古籍中不知有多少藏书和读书的故事，也可以叫作佳话。我们浩如烟海的古籍，以及古籍中所寄托的文化之所以能够流传下来，历千年而不衰，我们不能不感谢这些爱藏书和读书的先民。

后来我们又发明了印刷术。有了纸，又能印刷，书籍流传方便多了。从这时起，古籍中关于藏书和读书的佳话，更多了起来。宋版、元版、明版的书籍被视为珍品。历代都有一些藏书家，什么绛云楼、天一阁、铁琴铜剑楼、海源阁等等，说也说不完。有的已经消失，有的至今仍在，为我们新社会的建设服务。我们不能不感激这些藏书的祖先。

至于专门读书的人，历代记载更多。也还有一些关于读书的佳话，什么囊萤映雪之类。有人做过试验，无论萤和雪都不能亮到让人能读书的程度，然而在这一则佳话中所蕴含的鼓励人们读书的热情则是大家都能感觉到的。还有一些鼓励人读书的话和描绘读书乐趣的诗句。“书中自有颜如玉”之类的话，是大家都熟悉的，说这种话的人的“活思想”是非常不高明的，不会得到大多数人的赞赏。至于“四时读书乐”一类的诗，也是大家所熟悉的。可惜我童而习之，至今老朽昏聩，只记住了一句“绿满窗前草不除”，这样的读书情趣也是颇能令人向往的。此外如“红袖添香夜读书”之类的读书情趣，代表另一种趣味。据鲁迅先生说，连大学问家刘半农也向往，可见确有动人之处了。“雪夜闭门读禁书”代表的情趣又自不同，又是“雪夜”，又是“闭门”，又是“禁书”，不是也颇有人向往吗？

这样藏书和读书的风气，其他国家不能说一点没有；但是据浅见所及，实在是远远不能同我国相比。因此我才悟出了“中国是世界上最爱藏书和读书的国家”这一条简明而意义深远的真理。中国古代光辉灿烂的文化有极大一部分是通过书籍传流下来的。到了今天，我们全体炎黄子孙如何对待这个问题，实际上是每个人都回避不掉的。我们必须认真继承这个在世界上比较突出的优秀传统，要读书，读好书。只有这样，我们才能上无愧于先民，下造福于子孙万代。

1991 年 7 月 5 日

我最喜爱的书

我在下面介绍的只限于中国文学作品。外国文学作品不在其中。我的专业书籍也不包括在里面，因为太冷僻。

一、司马迁《史记》

《史记》这一部书，很多人都认为它既是一部伟大的史籍，又是一部伟大的文学作品。我个人同意这个看法。平常所称的《二十四史》中，尽管水平参差不齐，但是哪一部也不能望《史记》之项背。

《史记》之所以能达到这个水平，司马迁的天才当然是重要原因，但是他的遭遇起的作用似乎更大。他无端受了宫刑，以致郁闷激愤之情溢满胸中，发而为文，句句皆带悲愤。他在《报任少卿书》中已有充分的表露。

二、《世说新语》

这不是一部史书，也不是某一个文学家和诗人的总集，而只是一部由许多颇短的小故事编纂而成的奇书。有些篇只有短短几句话，连小故事也算不上。每一篇几乎都有几句或一句隽语，表面简单淳朴，内容却深奥异常，令人回味无穷。六朝和稍前的一个时期内，社会动乱，出了许多看来脾气相当古怪的人物，外似放诞，内实怀忧。他们的举动与常人不同。此书记录了他们的言行，短短几句话，而栩栩如生，令人难忘。

三、陶渊明的诗

有人称陶渊明为“田园诗人”。笼统言之，这个称号是恰当的。他的诗确实与田园有关。“采菊东篱下，悠然见南山”，这样的名句几乎是家喻户晓的。从思想内容上来看，陶渊明颇近道家，中心是纯任自然。从文体上来看，他的诗简易淳朴，毫无雕饰，与当时流行的镂金错彩的骈文，迥异其趣。因此，在当时以及以后的一段时间内，对他的诗的评价并不高，在《诗品》中，仅列为中品。但是，时间越后，评价越高，最终，陶渊明成为中国伟大的诗人之一。

四、李白的诗

李白是中国文学史上最伟大的天才之一，这一点是谁都承认的。杜甫对他的诗给予了最高的评价：“白也诗无敌，飘然思不群。清新庾开府，俊逸鲍参军。”李白的诗风飘逸豪放。根据我个人的感受，读他的诗，只要一开始，你就很难停住，必须读下去。原因我认为是，李白的诗一气流转，这一股“气”不可抗御，让你非把诗读完不行。这在别的诗人作品中，是很难遇到的现象。在唐代，以及以后的一千多年中，对李白的诗几乎只有赞誉，而无批评。

五、杜甫的诗

杜甫也是一个伟大的诗人，千余年来，李杜并称。但是二人的创作风格却迥乎不同：李是飘逸豪放，而杜则是沉郁顿挫。从使用的格律上，也可以看出二人的不同。七律在李白诗集中比较少见，而在杜甫诗集中则颇多。摆脱七律的束缚，李白是“没有枷锁跳舞”；杜甫善于使用七律，则是“戴着枷锁跳舞”。二人的“舞蹈”都达到了极高的水平。在文学批评史上，杜甫颇受到一些人的指摘，而对李白则是绝无仅有。

六、南唐后主李煜的词

后主词传留下来的仅有三十多首，可分为前后两期：前期仍在江南当小皇帝，后期则已降宋。后期词不多，但是篇篇都是杰作，纯用白描，不作雕饰，一个典故也不用，话几乎都是平常的白话，老妪能解；然而意境却哀婉凄凉，千百年来打动了千百万人的心。在词史上巍然成一大家，受到了文艺批评家的赞赏。但是，对王国维在《人间词话》中赞美后主有佛祖的胸怀，我却至今尚不能解。

七、苏轼的诗文词

中国古代赞誉文人有三绝之说。三绝者，诗、书、画三个方面皆能达到极高水平之谓也。苏轼至少可以说已达到了五绝：诗、书、画、文、词。因此，我们可以说，苏轼是中国文学史和艺术史上的最全面的伟大天才。论诗，他为宋代一大家。论文，他是唐宋八大家之一。笔墨凝重，大气磅礴。论书，他是宋代苏、黄、宋、蔡四大家之首。论词，他摆脱了婉约派的传统，创豪放派，与辛弃疾并称。

八、纳兰性德的词

宋代以后，中国词的创作到了清代又掀起了一个新的高潮。名家辈出，风格不同，又都能各极其妙，实属难能可贵。在这群灿若明星的词家中，我独独喜爱纳兰性德。他是大学士明珠的儿子，生长于荣华富贵中，然而却胸怀愁思，流溢于楮墨之间。这一点我至今还难以得到满意的解释。从艺术性方面来看，他的词可以说是已经达到了完美的境界。

九、吴敬梓的《儒林外史》

胡适之先生给予《儒林外史》极高的评价。诗人冯至也酷爱此书。我自己也是极为喜爱《儒林外史》的。

此书的思想内容是反科举制度，昭然可见，用不着细说。它的特点在艺术性上。吴敬梓惜墨如金，从不作冗长的描述。书中人物众多，各有特性，作者只讲一个小故事，或用短短几句话，活脱脱一个人就仿佛站在我们眼前，栩栩如生。这种特技极为罕见。

十、曹雪芹的《红楼梦》

在古今中外众多的长篇小说中，《红楼梦》是一颗璀璨的明珠，是状元。中国其他长篇小说都没能成为“学”，而“红学”则是显学。内容描述的是一个大家族衰微的过程。本书特异之处也在它的艺术性上。书中人物众多，男女老幼、主子奴才、五行八作，应有尽有。作者有时只用寥寥数语而人物就活灵活现，让读者永远难忘。读这样一部书，主要是欣赏它高超的艺术手法。那些把它政治化的无稽之谈，都是不可取的。

2001 年 3 月 21 日

漫谈刘姥姥

我喜欢《红楼梦》，年轻时曾读过多遍。但我不是红学家。我站在红坛下，翘首仰望，只见坛上刀光剑影，论争极为激烈。我登坛无意，参战乏力。不揣谫陋，弄一点小玩意儿，为坛上战士助兴。

我想谈一谈刘姥姥。

在《红楼梦》中，刘姥姥只是一个顺便提到的人物。作者对她着墨不多，却活脱脱刻画出一个精通世故的农村老太婆。在第三十九回，写到刘姥姥来到了荣国府，送来了农村产的瓜果野菜，本来想当天就回去的。但是她却时来运转，得到了贾母的欢心，于是就留下多住了一些天。荣国府中，大观园内，那一群以贾母为首的老太太、太太、小姐、公子，甚至那一些上得台盘的大丫头，天天锦衣玉食，养尊处优，除了间或饮宴赋诗之外，互相也产生一些小矛盾，耍些小心眼，总而言之，生活是十分单调、呆板、寂寞、无聊。这样的生活环境，他们自己是无法改变的。现在忽然从天上掉下来一个乡下老婆子。鸳鸯首先打上了刘姥姥的主意，她笑着说：“天天咱们说，外头老爷们，饮酒吃饭，都有个凑趣儿的。咱们今儿也得了个女清客了。”她是想捉弄一下刘姥姥，逗逗乐儿，让大家开一开心。在《红楼梦》里，凡是干坏事儿，几乎都有凤姐儿一份。这一次，她又同鸳鸯勾结，狼狈为奸。她们先拿给刘姥姥一双老年四楞象牙镶金的筷子，沉甸甸的，让她夹不起菜。事前又告诉她，要说些什么话。贾母一说：“请！”刘姥姥便站起身来，高声说道：“老刘！老刘！食量大如牛。吃个老母猪不抬头！”说完，鼓着腮帮子，两眼直视，一声不语。“上上下下都一齐哈哈大笑起来”。下面就是那一个有名的一个鸽子蛋值一两银子的故事，限于篇幅，我不再引了。

总之，刘姥姥这一次客串清客，获得了异常大的成功。大观园中这一群老太太、太太、小姐、公子，看到了在凤姐导演下的刘姥姥的表演，笑得前仰后合。对他们来说，这是极难得的机遇。刘姥姥则乘机饱餐一顿，真可谓皆大欢喜。

刘姥姥对自己表演的这个角色明白不明白呢？她完全明白。她对鸳鸯说：“姑娘说哪里的话？咱们哄着老太太开个心儿，有什么恼的。你先嘱咐我，我就明白了，不过大家取笑儿。我要恼，我就不说了。”不但刘姥姥心里明白，连作者也是清楚的。在第三十九回，作者写道：“刘姥姥虽是个村野人，却生来的有些见识，况且年纪老了，世情上经历过的，见头一件贾母高兴，第二件这些哥儿姐儿都爱听，便没话也编出些话来讲。”总之，我的印象是，荣国府里这些皇亲国戚，本来是想让刘姥姥出出丑，供他们喜乐。然而结果却是，表面上刘姥姥处处被动，实际上却处处主动，把这一群贵族玩弄于股掌之上。

我的结论，刘姥姥是《红楼梦》中最聪明的人。贾家破败时，抚养凤姐儿遗孤的就是刘姥姥。可见她又是一个忠厚诚恳的人。

2001 年 12 月 1 日

巴金著长篇小说《家》(书评)

这是巴金的长篇小说《激流》的第一部，然而已经占了654页的篇幅。其余还要写几部（据此书“后记”：第二部定名为《群》)，每部有若干字，我们很难预知。但揣想起来，量大方面一定会很惊人的罢。这，我们虽然不能就定为是本书的优点；最少对巴金先生的这种毅力，我们是极端钦佩的，尤其是在贫弱到无以复加的中国文坛上。

写了《灭亡》的巴金，的确曾给人们以希望。但是跟着来的，是轻微的不满足。眼看着巴金的名字在杂志上显露的次数一天天多起来，在人们的谈话里也时可以听到，而且接二连三地出着小说集，短篇的，长篇的。然而作品给人的印象只是空虚，虽然有时也露出努力挣扎的痕迹，结果仍然是空虚。一直到最近《家》的出版，我们才又看到我们希望所寄托的巴金——他已经有点儿变样了。

家，谁能没有家呢？据“后记”里说，这是描写一个正在崩坏的资产阶级的家庭的全部悲欢离合的历史。我们不必到意识检定所去受检定，我们之中的大部分，我敢说，都有被派为资产阶级的资格。人人都要有家，大部分人又有资产阶级的家。描写的不正是我们吗？在这里面，我们能发现个人的影子，其余的对我们也不生疏，因为，在家庭里，每日围绕着我们的就是这些影子。这大概就是我们读起来觉得很亲切的原因罢。

在这里，很奇怪地，我想到了《红楼梦》。胡适先生说，《红楼梦》描写的是大家庭的没落。在某一种观点看起来，他是对的。在《红楼梦》里，我们看到家庭分子间的倾轧，我们有宝玉，有被宝玉爱着的林黛玉。但是这是许多年前的事了。然而在现在的大多数的家庭里，我们仍然看见倾轧，我们仍然有变相的或自命的宝玉，有变相的林黛玉。周作人先生说，历史告诉你又要这样做了。真的，现在又要这样做了，就在这《家》里。

然而，也究竟有了不同。这家里有了觉慧那样的“叛徒”。他看穿了家庭的黑暗，他反抗，他毅然脱离家庭。虽然我们不能否认这种事情发生的可能，但是巴金把过量的英雄主义的色彩加到觉慧身上也是不可否认的事实。

在技术方面，这书与以前有着显然的不同，然却是比较的令人满意了。在以前，著者喜欢用的是冗长的句子和节段，给人的印象是沉重，有点儿近于笨滞。现在则比较轻松活泼，很有暗示的力量。然而（一件事情的长处往往就是它的短处）唯其这样，读起来总感到轻浮，不很沉着。这我没有别的话说，只好怪作者的修养不足了。

同巴金一样，我们之中大部分都是从这种家庭出来的。我们周围同样的是无边的黑暗，我们也看到有一股生活之激流在动荡，开创它自己的径路。巴金先生很客气地说，他不是说教者，他不能够明确地指出一条路来。但是，在这书里，我们却看到他藉了主人公觉慧指给我们的路，但是只指了一半。不管这路我们是否走得通，因为有了路，究竟能给我们勇气。就为这单纯的原因，我们希望《群》的出现。

原载天津《大公报·文学副刊》1933 年 9 月 11 日第 11 版

老舍的《离婚》

我们不能尽写那些脑子里尽是马克思或尼采的不安分的大学生，我们的眼光也不能只在大上海的交易场或跳舞厅中转，连那些茹苦含辛、任天任命的工人、农民也不能代表我们民族的全体。究竟我们民族中还有着这么一批顶不入流的中等阶级，他们是既不宜于悲剧又不宜于喜剧——或者说是既宜于悲剧又宜于喜剧，然而这出剧多半是不大动人的了——他们懦怯地、彷徨地、顶不康健地活着。是的，不康健地。我觉得这个字最能形容他们。他们悔恨、怀疑，甚或至于诅咒他们的环境、生活和命运，但是你不能希望他们像工人们在被压迫到极点的时候扔下锄头喊一声:“不干了！”他们的“鞠躬像纸人的”或者“方墩式”的妻子和他们的黑小子、胖姑娘，还有那看不见的什么，逼着他们，鞭策着他们每天爬到那个张着大嘴的冷森森的衙门里去。他们受的束缚不见得比做轮子铰链的奴隶的工人们受得松。然而他们也是中国人，也许是更中国的中国人。只要你上北平的东安市场或西单市场，你会遇见上千个——这种中国的 Babbitt。老舍先生写完老张，写完赵子曰和老马，他的笔兴扫到了这般人头上。在这书里有：饭桶兼把式匠的吴太极，流氓兼北平俗语搜集者的孙先生，苦闷的象征兼科员的丘先生，懦怯无可奈何的主人翁李先生，还有那位百事好的男性媒婆张大哥——这个道地的 Babbitt。他们一起搅在这酸牛乳似的北平，每天叹气，每天担忧，每天办公。

这是一部写实的小说，几乎是有一点倾向于自然主义。作者很淋漓地暴露了他的角色以及这些角色活动的领域，他一点不遮掩，且从来不用什么暗示的或是所谓烘云托月那种雅得俗的笔法。在一色描写来说，他是一个讽刺画家（caricaturist）。讽刺画家画墨索里尼的时候，特别把下巴画得方到不可能；画孙科，两个眼镜占了脸的一半。这就是说：他把他要画的角色的特性抓住，给夸大起来，叫你一看就认识这是谁。作者在此用的完全是这种手法，所以他的角色全有点夸大（exaggerated）明显，并且，很自然的是，平板。他们是平面的，不是立体的——除了马家少奶奶那一个角色例外。在这一点上，作者是完全像狄更斯（Charles Dickens）。不但大体上像，连单个角色中也颇有吻合于狄更斯的人物：小赵是活里活脱的喜迫（Ulrah Heap，见《块肉余生述》），连行为及其结果都像，丁二爷则更是百分之百的密考伯（Micawber，亦见上书），那样的无用那样的潦倒而又终于救了一切人。

这里还有一点遗憾者：我们不能不替那些过分的议论抱歉，他们和那些上品的嘲讽绝对地不和谐。

原载天津《大公报·文学副刊》1933 年 12 月 25 日第 11 版

一个故事的演变

这里选出的这个故事是大家都知道的。我自己还在小学里的时候，就在教科书里念到过。内容大概是这样的：一个乞丐要满了一罐子残羹剩饭，他就对着这罐子幻想起来：怎样卖掉这些残羹剩饭，怎样买成鸡，鸡又怎样下蛋，鸡蛋又怎样孵成鸡，鸡又换成马牛羊，终于成了大富翁，娶了太太，生了小孩子。越想越高兴，不禁手舞足蹈。在狂欢之余，猛然一抬脚，把罐子踢了个粉碎，这美丽的梦也就完结了。

以后的教科书里是不是还有这故事，我不大清楚；但二十多年前还在小学里的人读到的一定不少。我当时读了，只是觉得好玩，并不知道这个故事的来源，而且连想知道的意思压根儿都没有。倘若这也算是一个遗憾的话，我现在就来把这遗憾填补起来。

在过去，这个故事在中国一定很流行，不然也绝对不会跑到小学教科书里去。至于在什么时候、在什么地方最流行，现在很难确定。我现在只从几部旧的诗话和小说里抄出点材料来。吴兴韦居安著的《梅磵诗话》里有这样一段：

东坡诗注云：有一贫士，家惟一瓮，夜则守之以寝。一夕，心自惟念：苟得富贵，当以钱若干营田宅，蓄声妓，而高车大盖，无不备置。往来于怀，不觉欢适起舞，遂踏破瓮。故今俗间指妄想者为瓮算。又诗序云：刘几仲饯饮东坡。中觞，闻笙箫声，若在云霄间，抑扬往返，粗中音节。徐察之，出于双瓶。水火相得，自然吟啸。食顷乃已。作瓶笙诗记之。刘后村《即事诗》一联云：辛苦谋身无瓮算，殷勤娱耳有瓶笙。以“瓮算”对“瓶笙”，甚的。

江盈科著的《雪涛小说》有一段：

见卵求夜，庄周以为早计。及观恒人之情，更有早计于庄周者。一市人贫甚，朝不谋夕。偶一日拾得一鸡卵，喜而告其妻曰：“我有家当矣！”妻问：“安在？”持卵示之曰：“此是，然须十年，家当乃就。”因与妻计曰：“我持此卵，借邻人伏鸡乳之。待彼雏成，就中取一雌者，归而生卵，一月可得十五鸡。两年之内，鸡又生鸡，可得鸡三百，堪易十金。以十金易五牸，牸复生

> 牸，三年可得二十五牛。牸所生者又复生牸，三年可得百五十牛，堪易三百金矣。吾持此金举债，三年间半千金可得也。就中以三之二市田宅，以三之一市僮仆买小妻。我与尔优游以终余年，不亦快乎！”妻闻欲买小妻，怫然大怒，以手击鸡卵碎之曰：“毋留祸种！”夫怒，挞其妻，仍质于官曰：“立败我家者，此恶妇也。请诛之！”官司问：“家何在？败何状？”其人历数自鸡卵起至小妻止，官司曰：“如许大家当，坏于恶妇一拳，真可诛！”命烹之。妻号曰：“夫所言皆未然事，奈何见烹？”官司曰：“你夫言买妾，亦未然事，奈何见妒？”妇曰：“固然，第除祸欲早耳。”官笑而释之。噫，兹人之计利，贪心也。其妻之毁卵，妒心也。总之皆妄心也。知其为妄，泊然无嗜，颓然无起，则见在者且属诸幻，况未来乎？嘻，世之妄意早计希图非望者，独一算鸡卵之人乎！（见郑振铎《中国文学论集》,《寓言的复兴》)

我们看了这两个故事，或者不能立刻发现两者间的共同点。但倘若我们把篇首谈到的跑到小学教科书里去的那个故事也拿来比一下，便立刻可以发现这三个是属于同一类型的故事。我们还可以发现《苏东坡诗注》的那个故事只是一个轮廓。为什么那个贫士会对瓮发生幻想呢？瓮有什么可以引起人幻想的地方呢？大概瓮里也盛着米面或类似的东西，倘若拿来卖掉，就可以换到鸡蛋。鸡蛋变成鸡，鸡又可以换到马牛羊，终于成了大富翁。心里一高兴就把瓮踢破了。这些是《苏东坡诗注》故意省掉的呢，还是根本不知道呢？我们不敢说。反正倘若没有中间这许多东西，这个故事很难讲得通。

第二个故事很详细，中间这些步骤一点都没有省掉。但开头照例有的瓮或罐子却不见了。这个市人的幻想就从鸡蛋开始，一直到最后被打破的也就是这鸡蛋。在这里打破鸡蛋的不是他自己，而是他的太太。这个故事虽然同这一类故事的原型很接近，但从省略瓮或罐子这一点看起来，也总算是代表一个新的发展。

我现在要问：这个故事是中国产生的吗？也许有人认为这一问有些太离奇。这个故事流行于中国，时间最少也不会少于一千年，终于走进小学教科书里去，读到的人不知有多少千万。为什么会不是中国产生的呢？不但一般人没有怀疑到它的来源，连文人学士也根本没有想到它会不是国货。但事情往往出人意料，这个故事，正如别的国字牌号的东西如国医国乐之流，其中也有外来的东西。我现在从两本梵文的寓言集里把这故事的“祖宗”译出来。

在提毗俱吒那伽罗城里有一个婆罗门名叫提婆舍磨。在春分的时候他的土盘子里乞满了大麦片。于是他拿了这盘子在一个摆满了盘子和罐子的陶器师的小铺里的一个地方，躺在铺上在夜里幻想起来："倘若我卖掉这盛了大麦片的盘子就可以得到十个贝壳，用这钱我可以买盘子和罐子什么的，再拿来卖掉。这样一次一次赚的钱就可以用来买槟榔叶子做成的衣服，终于弄到百万家财，然后我就娶四个太太。在她们里面哪一个最美，我也就最爱哪一个。我这些嫉妒成性的太太立刻就打起架来。我非常生气，就用短棍打起这些太太来。"这样一想，他立刻站起来，把短棍掷了出去。盘子被打碎了，许多别的瓶子罐子也被打破了。听到罐子破碎的声音而跑进来的陶器师把这婆罗门骂了一顿，又将他赶出铺子去。

所以我说：谁要是空想未来而感到狂喜，他就要自招侮辱，像这个打碎盘子的婆罗门。（见《嘉言集》,《和平篇》，第七个故事）

还有一个故事，内容比上面这个详细，译文如下：

在某一个地方，有一个婆罗门，名叫娑跋波倶利钵那。他用行乞得来的吃剩下的大麦片填满了一个罐子，把罐子挂在木栓上，在那下面放了一张床，目不转瞬地看着罐子，在夜里幻想起来："这个罐子现在填满了大麦片。倘若遇上俭年，就可以卖到一百块钱，可以买两头山羊。山羊每六个月生产一次，就可以变成一群山羊。山羊又换成牛。我把牛犊子卖掉，牛就换成水牛。水牛再换成母马，马又生产，我就可以有很多的马。把这些马卖掉，就可以得到很多的金子。我要用这些金子买一所有四个大厅的房子。有一个人走进我的房子里来，就把他最美最好的女儿嫁给我。她生一个小孩子，我给他起了一个名字，叫作苏摩舍摩。因为他总喜欢要我抱在膝上左右摆动着玩，我就拿了书躲到马棚后面的一个地方去念起来。但是苏摩舍摩立刻看见了我。因为他最喜欢坐在人的膝上让人左右摆动着玩，就从母亲怀里挣扎出来，走到马群旁边来找我。我在大怒之余，喊我的老婆：'来照顾孩子吧！来照顾孩子吧！'但是，她因为忙于家务，没有听到，我于是立刻站起来，用脚踢她。"这样，他就从幻想里走出来，真的用脚踢起来。罐子一下子破了，盛在里面的大麦片也成了一场空。

所以我说道：谁要是空想将来，想一些不可知的事情，他就像苏摩舍摩的父亲，临了落个一场空。（见《五卷书》第七个故事）

我上面只译了两个故事，其实梵文书里记这样的故事的地方还很多。无论怎样，我们总可以看出来，印度就是这个故事的老家，正像别的类似的故事的老家也多半在印度一样。至于它什么时候在印度产生的，恐怕永远不能确定了。反正一定很早，也许在纪元前几千年就已经有了。在印度本国这故事已经有了无数的演化。后来它又从印度出发几乎走遍了世界，譬如在《天方夜谭》里，在法国拉方丹（La Fontaine）的寓言里，在德国格林的童话里都可以找到，它一直深入民间，不仅只在文人学士的著作里留下痕迹。到了中国，它变成我们民间传说的一部分，文人学士也有记叙，上面从《梅磵诗话》和《雪涛小说》里抄出来的两段就是好例子。倘若不知道底蕴，有谁会怀疑它的来源呢？

1946 年 12 月 25 日

《西游记》与《罗摩衍那》

——读书札记

正在翻译《罗摩衍那》第六篇《战斗篇》，读到下面这几首诗：

罗怙后裔发怒火，
胳膊粗壮勇罗摩；
猛将利刃置弦上，
力同毒蛇差不多；
砍中罗波那头颅，
连同耳环都砍落。（6.96.20）

魔王头颅被抛出，
三界人神共目睹；

头颅滚落大地上，
颈上又长一头颅。（6.96.21）

罗摩双手灵且巧，
做事迅速又利落；
又在阵前射飞箭，
射中魔头第二个。（6.96.22）

头颅刚刚被射断，
另一头颅又出现；
即使罗摩射飞箭，
疾飞迅驶如闪电。（6.96.23）

如此射掉一百个，
头颅个个差不多；
罗波那仍未死去，
依旧健壮又快活。（6.96.24）

这使我立刻想到《西游记》第61回：猪八戒助力败魔王　孙行者三调芭蕉扇。讲的是孙行者同牛魔王厮杀，玉帝派托塔李天王携哪吒太子来援：

> 这太子即喝一声“变”！变得三头六臂，飞身跳在牛王背上，使斩妖剑望颈项上一挥，不觉得把个牛头斩下。天王收刀，却才与行者相见。那牛王腔子里又钻出一个头来，口吐黑气，眼放金光。被哪吒又砍一剑，头落处，又钻出一个头来。一连砍了十数剑，随即长出十数个头。

一眼就可以看出，这两个故事几乎完全一样。唯一的差别就是罗波那被罗摩砍掉一百个头，最后罗摩用大梵天钦赐法宝打中魔王，魔王倒毙阵前。而牛魔王则在被砍掉十数个头以后，虔心向善，改邪归正。这两个故事之间有什么关系呢？这个故事不那么复杂，独立产生的可能是存在的。但是，我仍然同以前一样倾向于认定其中有渊源关系。《西游记》这部长篇小说本身受到印度民间文学强烈的影响，这一点是没有人否认的。我一直到今天还不明白，为什么孙行者就不能是《罗摩衍那》中神猴哈奴曼的化身？简而言之，我认为中国的牛魔王是印度罗刹王罗波那的一部分在中国的化身。

1981 年 9 月

第二辑

阅世

谦虚与虚伪

在伦理道德的范畴中，谦虚一向被认为是美德，应该扬。而虚伪则一向被认为是恶习，应该抑。

然而，究其实际，两者间有时并非泾渭分明，其区别间不容发。谦虚稍一过头，就会成为虚伪。我想，每个人都会有这种体会的。

在世界文明古国中，中国是提倡谦虚最早的国家。在中国最古的经典之一的《尚书·大禹谟》中就已经有了“满招损，谦受益，时（是）乃天道”这样的教导，把自满与谦虚提高到“天道”的水平，可谓高矣。从那以后，历代的圣贤无不张皇谦虚，贬抑自满。一直到今天，我们常用的词汇中仍然有一大批与“谦”字有联系的词儿，比如“谦卑”“谦恭”“谦和”“谦谦君子”“谦让”“谦顺”“谦虚”“谦逊”等等，可见“谦”字之深入人心，久而愈彰。

我认为，我们应当提倡真诚的谦虚，而避免虚伪的谦虚，后者与虚伪间不容发矣。

可是在这里我们就遇到了一个拦路虎：什么叫“真诚的谦虚”呢？什么又叫“虚伪的谦虚”？两者之间并非泾渭分明，简直可以说是因人而异，因地而异，因时而异，掌握一个正确的分寸难于上青天。

最突出的是因地而异，“地”指的首先是东方和西方。在东方，比如说中国和日本，提到自己的文章或著作，必须说是“拙作”或“拙文”。在西方各国语言中是找不到相当的词儿的，尤有甚者，则可能产生误会。中国人请客，发请柬必须说“洁治菲酌”，不了解东方习惯的西方人就会满腹疑团：为什么单单用“不丰盛的宴席”来请客呢？日本人送人礼品，往往写上“粗品”二字，西方人又会问：为什么不用“精品”来送人呢？在西方，对老师，对朋友，必须说真话，会多少，就说多少。如果你说，这个只会一点点儿，那个只会一星星儿，他们就会信以为真，在东方则不会。这有时会很危险的。至于吹牛之流，则为东西方同样所不齿，不在话下。

可是怎样掌握这个分寸呢？我认为，在这里，真诚是第一标准。虚怀若谷，如果是真诚的话，它会促你永远学习，永远进步。有的人永远“自我感觉良好”，这种人往往不能进步。康有为是一个著名的例子。他自称，年届而立，天下学问无不掌握。结果说康有为是一个革新家则可，说他是一个学问家则不可。较之乾嘉诸大师，甚至清末民初诸大师，包括他的弟子梁启超在内，他在学术上是没有建树的。

总之，谦虚是美德，但必须掌握分寸，注意东西。在东方谦虚涵盖的范围广，不能施之于西方，此不可不注意者。然而，不管东方或西方，必须出之以真诚，有意的过分的谦虚就等于虚伪。

1998 年 10 月 3 日

世态炎凉

世态炎凉，古今所共有，中外所同然，是最稀松平常的事，用不着多伤脑筋。元曲《冻苏秦》中说：“也素把世态炎凉心中暗忖。”《隋唐演义》中说：“世态炎凉，古今如此。”不管是“暗忖”，还是明忖，反正你得承认这个“古今如此”的事实。

但是，对世态炎凉的感受或认识的程度，却是随年龄的大小和处境的不同而很不相同的，绝非大家都一模一样。我在这里发现了一条定理：年龄大小与处境坎坷同对世态炎凉的感受成正比。年龄越大，处境越坎坷，则对世态炎凉感受越深刻。反之，年龄越小，处境越顺利，则感受越肤浅。这是一条放诸四海而皆准的定理。

我已到望九之年，在八十多年的生命历程中，一波三折，好运与多舛相结合，坦途与坎坷相混杂，几度倒下，又几度爬起来，爬到今天这个地步。我可是真正参透了世态炎凉的玄机，尝够了世态炎凉的滋味。特别是“十年浩劫”中，我因为胆大包天，自己跳出来反对“北大”那一位炙手可热的“老佛爷”，被戴上了种种莫须有的帽子，被“打”成了反革命，遭受了极其残酷的至今回想起来还毛骨悚然的折磨。从牛棚里放出来以后，有长达几年的一段时间，我成了燕园中一个“不可接触者”。走在路上，我当年辉煌时对我低头弯腰毕恭毕敬的人，那时却视若路人，没有哪一个敢或肯跟我说一句话的。我也不习惯于抬头看人，同人说话。我这个人已经异化为“非人”。一天，我的孙子发烧到 40 度，老祖和我用破自行车推着到校医院去急诊。一个女同事竟吃了老虎心豹子胆似的，帮我这个已经步履蹒跚的花甲老人推了推车。我当时感动得热泪盈眶，如吸甘露，如饮醍醐。这件事、这个人我毕生难忘。

雨过天晴，云开雾散，我不但“官”复原职，而且还加官晋爵，又开始了一段辉煌。原来是门可罗雀，现在又是宾客盈门。你若问我有什么想法没有，想法当然是有的，一个忽而上天堂，忽而下地狱，又忽而重上天堂的人，哪能没有想法呢？我想的是：世态炎凉，古今如此。任何一个人，包括我自己在内，以及任何一个生物，从本能上来看，总是趋吉避凶的。因此，我没怪罪任何人，包括打过我的人。我没有对任何人打击报复。并不是由于我度量特别大，能容天下难容之事，而是由于我洞明世事，又反求诸躬。假如我处在别人的地位上，我的行动不见得会比别人好。

1997 年 3 月 19 日

趋炎附势

写了《世态炎凉》，必须写《趋炎附势》。前者可以原谅，后者必须切责。

什么叫“炎”？什么叫“势”？用不着咬文嚼字，指的不过是有权有势之人。什么叫“趋”？什么叫“附”？也用不着咬文嚼字，指的不过是巴结、投靠、依附。这样干的人，古人称之为“小人”。

趋附有术，其术多端，而归纳之，则不出三途：吹牛、拍马、做走狗。借用太史公的三个字而赋予以新义，曰牛、马、走。

现在先不谈第一和第三，只谈中间的拍马。拍马亦有术，其术亦多端。就其大者或最普通者而论之，不外察言观色，胁肩谄笑，攻其弱点，投其所好。但是这样做，并不容易，这里需要聪明，需要机警，运用之妙，存乎一心。这是一门大学问。

记得在某一部笔记上读到过一个故事。某书生在阳间善于拍马。死后见到阎王爷，他知道阴间同阳间不同，阎王爷威严猛烈，动不动就让死鬼上刀山，入油锅。他连忙跪在阎王爷座前，坦白承认自己在阳间的所作所为，说到动情处，声泪俱下。他恭颂阎王爷执法严明，不给人拍马的机会。这时阎王爷忽然放了一个响屁。他跪行向前，高声论道："伏惟大王洪宣宝屁，声若洪钟，气比兰麝。"于是阎王爷"龙"颜大悦，既不罚他上刀山，也没罚他入油锅，生前的罪孽，一笔勾销，让他转生去也。

笑话归笑话，事实还是事实，人世间这种情况还少吗？古今皆然，中外同归。中国古典小说中，有很多很多的靠拍马屁趋炎附势的艺术形象。《今古奇观》里面有，《红楼梦》里面有，《儒林外史》里面有，最集中的是《官场现形记》和《二十年目睹之怪现状》。

在尘世间，一个人的荣华富贵，有的甚至如昙花一现。一旦失意，则如树倒猢狲散，那些得意时对你趋附的人，很多会远远离开你，这也罢了。个别人会"反戈一击"，想置你于死地，对新得意的人趋炎附势。这种人当然是极少极少的，然而他们是人类社会的蛀虫，我们必须高度警惕。

我国的传统美德，对这类蛀虫，是深恶痛绝的。孟子说："胁肩谄笑，病于夏畦。"我在上面列举的小说中，之所以写这类蛀虫，绝不是提倡鼓励，而是加以鞭笞，给我们竖立一面反面教员的镜子。我们都知道，反面教员有时候是能起作用的，有了反面，才能更好地、更鲜明地凸出正面。这大大有利于发扬我国优秀的道德传统。

1997 年 3 月 27 日

爱 情

一

人们常说，爱情是文艺创作的永恒的主题。不同意这个意见的人，恐怕是不多的。爱情同时也是人生不可缺少的东西，即使后来出家当了和尚，与爱情完全“拜拜”；在这之前也曾蹚过爱河，受过爱情的洗礼，有名的例子不必向古代去搜求，近代的苏曼殊和弘一法师就摆在眼前。

可是为什么我写“人生漫谈”已经写了三十多篇，还没有碰爱情这个题目呢？难道爱情在人生中不重要吗？非也。只因它太重要、太普遍，但却又太神秘、太玄乎，我因而不敢去碰它。

中国俗话说：“丑媳妇迟早要见公婆的。”我迟早也必须写关于爱情的漫谈的。现在，适逢有一个机会，我正读法国大散文家蒙田的随笔《论友谊》这一篇，里面谈到了爱情。我干脆抄上几段，加以引申发挥，借他人的杯，装自己的酒，以了此一段公案。以后倘有更高更深刻的领悟，还会再写的。

蒙田说：我们不可能将爱情放在友谊的位置上。“我承认，爱情之火更活跃、更激烈、更灼热……但爱情是一种朝三暮四、变化无常的感情，它狂热冲动，时高时低，忽冷忽热，把我们系于一发之上。而友谊是一种普遍和通用的热情。……再者，爱情不过是一种疯狂的欲望，越是躲避的东西越要追求。……爱情一旦进入友谊阶段，也就是说，进入意愿相投的阶段，它就会衰弱和消逝。爱情是以身体的快感为目的，一旦享有了，就不复存在。”

总之，在蒙田眼中，爱情比不上友谊，不是什么好东西。我个人觉得，蒙田的话虽然说得太激烈、太偏颇、太极端；然而我们却不能不承认，它有合理的实事求是的一方面。

根据我个人的观察与思考，我觉得，世人对爱情的态度可以笼统分为两大流派：一派是现实主义，一派是理想主义。蒙田显然属于现实主义，他没有把爱情神秘化、理想化。如果他是一个诗人的话，他也决不会像一大群理想主义的诗人那样，写出些卿卿我我、鸳鸯蝴蝶，有时候甚至拿肉麻当有趣的诗篇，令普天下的才子佳人们击节赞赏。他干净利落地直言不讳，把爱情说成是“朝三暮四、变化无常的感情”。对某一些高人雅士来说，这实在有点大煞风景，仿佛在佛头上着粪一样。

我不才，窃自附于现实主义一派。我与蒙田也有不同之处：我认为，在爱情的某一个阶段上，可能有纯真之处。否则就无法解释，据说日本青年恋人在相爱达到最高潮时有的就双双跳入火山口中，让他们的爱情永垂不朽。

二

像这样的情况，在日本恐怕也是极少极少的。在别的国家，则未闻之也。

当然，在别的国家也并不缺少歌颂纯真爱情的诗篇、戏剧、小说，以及民间传说。莎士比亚的《罗密欧与朱丽叶》，中国的梁山伯与祝英台是世所周知的。谁能怀疑这种爱情的纯真呢？专就中国来说，民间类似梁祝爱情的传说，还能够举出不少来。至于“誓死不嫁”和“誓死不娶”的真实的故事，则所在多有。这样一来，爱情似乎真同蒙田的说法完全相违，纯真圣洁得不得了啦。

我在这里想分析一个有名的爱情的案例，这就是杨贵妃和唐玄宗的爱情故事，这是一个古今艳称的故事。唐代大诗人白居易的《长恨歌》歌颂的就是这一件事。你看，唐玄宗失掉了杨贵妃以后，他是多么想念，多么情深：“夕殿萤飞思悄然，孤灯挑尽未成眠。”这一首歌最后两句诗是：“天长地久有时尽，此恨绵绵无绝期。”写得多么动人心魄，多么令人同情，好像他们两人之间的爱情真正纯真到了无以复加的程度。但是，常识告诉我们，爱情是有排他性的，真正的爱情不容有一个第三者。可是唐玄宗怎样呢？“后宫佳丽三千人”，小老婆真够多的。即使是“三千宠爱在一身”，这“在一身”能可靠吗？白居易以唐代臣子，竟敢乱谈天子宫闱中事，这在明清是绝对办不到的。这先不去说它，白居易真正头脑简单到相信这爱情是纯真的才加以歌颂吗？抑或另有别的原因？

这些封建的爱情“俱往矣”，今天我们怎样对待爱情呢？我明人不说暗话，我是颇有点同意蒙田的意见的。中国古人说：“食、色，性也。”爱情，特别是结婚，总是同“色”相联系的。家喻户晓的《西厢记》歌颂张生和莺莺的爱情，高潮竟是一幕“酬简”，也就是“以身相许”。个中消息，很值得我们参悟。

我们今天的青年怎样对待爱情呢？这我有点不大清楚，也没有什么青年人来同我这望九之年的老古董谈这类事情。据我所见所闻，那一套封建的东西早为今天的青年所扬弃。如果真有人想向我这爱情的盲人问道的话，我也可以把我的看法告诉他们的。如果一个人不想终生独身的话，他必须谈恋爱以至结婚，这是“人间正道”。但是千万别浪费过多的时间，终日卿卿我我，闹得神魂颠倒，处心积虑，不时闹点小别扭，学习不好，工作难成，最终还可能是“竹篮子打水一场空”。这真是何苦来！我并不提倡两人“一见倾心”，立即办理结婚手续。

我觉得，两个人必须有一个互相了解的过程。这过程不必过长，短则半年，多则一年。余出来的时间应当用到刀刃上，搞点事业，为了个人，为了家庭，为了国家，为了世界。

三

已经写了两篇关于爱情的短文，但觉得仍然是言犹未尽，现在再补写一篇。像爱情这样平凡而又神秘的东西，这样一种社会现象或心理活动，即使再将篇幅扩大十倍、二十倍、一百倍，也是写不完的。补写此篇，不过聊补前两篇的一点疏漏而已。

在旧社会实行“父母之命，媒妁之言”的办法，男女青年不必伤任何脑筋，就入了洞房。我们可以说，结婚是爱情的开始。但是，不要忘记，也有“绿叶成荫子满枝”而终于不知爱情为何物的例子，而且数目还不算太少。到了现代，实行自由恋爱了，有的时候竟成了结婚是爱情的结束。西方和当前的中国，离婚率颇为可观，就是一个具体的例证。据说，有的天主教国家教会禁止离婚。但是，不离婚并不等于爱情能继续，只不过是外表上合而不离，实际上则各寻所欢而已。

爱情既然这样神秘，相爱和结婚的机遇——用一个哲学的术语就是偶然性——又极其奇怪、极其突然，决非我们个人所能掌握的。在困惑之余，东西方的哲人俊士束手无策，还是老百姓有办法，他们乞灵于神话。

一讲到神话，据我个人的思考，就有中外之分。西方人创造了一个爱神，叫作 Jupiter 或 Cupid，是一个手持弓箭的童子，他的箭射中了谁，谁就坠入爱河。印度古代文化毕竟与欧洲古希腊、罗马有缘，他们也创造了一个叫作 Kāmaolliva 的爱神，也是手持弓箭，被射中者立即相爱，绝不敢有违。这个神话当然是同一来源，此不见论。

在中国，我们没有“爱神”的信仰，我们另有办法。我们创造了一个月老，他手中拿着一条红线，谁被红线拴住，不管是相距多么远，天涯海角，恍若比邻，两人必然走到一起，相爱结婚。从前西湖有一座月老祠，有一副对联是天下闻名的：“愿天下有情人都成了眷属，是前生注定事莫错过姻缘。”多么质朴，多么有人情味！只有对某些人来说，“前生”和“姻缘”显得有点渺茫和神秘。可是，如果每一对夫妇都回想一下你们当初相爱和结婚的过程的话，你能否定月老祠的这一副对联吗？

我自己对这副对联是无法否认的，但又找不到“科学根据”。我倒是想忠告今天的年轻人，不妨相信一下。我对现在西方和中国青年人的相爱和结婚的方式，无权说三道四，只是觉得不大能接受。我自知年已望九，早已属于博物馆中的人物。我力避发九斤老太之牢骚，但有时又如骨鲠在喉不得不一吐为快耳。

1997 年 11 月 22 日

园花寂寞红

楼前右边，前临池塘，背靠土山，有几间十分古老的平房，是清代保卫八大园的侍卫之类的人住的地方。整整四十年以来，一直住着一对老夫妇：女的是德国人，北大教员；男的是中国人，钢铁学院教授。我在德国时，已经认识了他们，算起来到今天已经将近六十年了，我们算是老朋友了。三十年前，我们的楼建成，我是第一个搬进来住的。从那以后，老朋友又成了邻居。有些往来，是必然的。逢年过节，互相拜访，感情是融洽的。

我每天到办公室去，总会看到这个个子不高的老人，蹲在门前临湖的小花园里，不是除草栽花，就是浇水施肥；再就是砍几竿门前屋后的竹子，扎成篱笆。嘴里叼着半只雪茄，笑眯眯的。忙忙碌碌，似乎乐在其中。

他种花很有一些特点。除了一些常见的花以外，他喜欢种外国种的唐菖蒲，还有颜色不同的名贵的月季。最难得的是一种特大的牵牛，比平常的牵牛要大一倍，宛如小碗口一般。每年春天开花时，颇引起行人的注目。据说，此花来头不小。在北京，只有梅兰芳家里有，齐白石晚年以画牵牛花闻名全世，临摹的就是梅府上的牵牛花。

我是颇喜欢一点花的。但是我既少空闲，又无水平。买几盆名贵的花，总养不了多久，就呜呼哀哉。因此，为了满足自己的美感享受，我只能像北京人说的那样看“蹭”花。现在有这样神奇的牵牛花、绚丽夺目的月季和唐菖蒲，就摆在眼前，我焉得不“蹭”呢？每到下班或者开会回来，看到老友在侍弄花，我总要停下脚步，聊上几句，看一看花。花美，地方也美，湖光如镜，杨柳依依，说不尽的旖旎风光，人在其中，顿觉尘世烦恼，一扫而光，仿佛遗世而独立了。

但是，世事往往有出人意料者。两个月前，我忽然听说，老友在夜里患了急病，不到几个小时，就离开了人间。我简直不敢相信，然而这又确是事实。我年届耄耋，阅历多矣，自谓已能做到“悲欢离合总无情”了。事实上并不是这样。我有情，有多得超过了需要的情，老友之死，我焉能无动于衷呢？“当时只道是寻常”这一句浅显而实深刻的词，又萦绕在我心中。

几天来，我每次走过那个小花园，眼前总仿佛看到老友的身影，嘴里叼着半根雪茄，笑眯眯的，蹲在那里，侍弄花草。这当然只是幻象。老友走了，永远永远地走了。我抬头看到那大朵的牵牛花和多姿多彩的月季花，她们失去了自己的主人。朵朵都低眉敛目，一脸寂寞相，好像“溅泪”的样子。她们似乎认出了我，知道我是自己主人的老友，知道我是自己的认真入迷的欣赏者，知道我是自己的知己。她们在微风中摇曳，仿佛向我点头，向我倾诉心中郁积的寂寞。

现在才只是夏末秋初。即使是寂寞吧，牵牛和月季仍然能够开花的。一旦秋风劲吹，落叶满山，牵牛和月季还能开下去吗？再过一些时候，冬天还会降临人间的。到了那时候，牵牛们和月季们只能被压在白皑皑的积雪下面的土里，做着春天的梦，连感到寂寞的机会都不会有了。

明年，春天总会重返大地的。春天总还是春天，她能让万物复苏，让万物再充满了活力。但是，这小花园的月季和牵牛花怎样呢？月季大概还能靠自己的力量长出芽来，也许还能开出几朵小花。然而护花的主人已不在人间。谁为她们施肥浇水呢？等待她们的不仅仅是寂寞，而是枯萎和死亡。至于牵牛花，没有主人播种，恐怕连幼芽也长不出来。她们将永远被埋在地中了。

我一想到这里，不禁悲从中来。眼前包围着月季和牵牛花的寂寞，也包围住了我。我不想再看到春天，我不想看到春天来时行将枯萎的月季，我不想看到连幼芽都冒不出来的牵牛。我虔心默祷上苍，不要再让春天降临人间了。如果非降临不行的话，也希望把我楼前池边的这一个小花园放过去，让这一块小小的地方永远保留夏末秋初的景象，就像现在这样。

1992 年 8 月 30 日

人间自有真情在

前不久，我写了一篇短文《园花寂寞红》，讲的是楼右前方住着的一对老夫妇，男的是中国人，女的是德国人。他们在德国结婚后，移居中国，到现在已将近半个世纪了。哪里想到，一夜之间，男的突然死去。他天天侍弄的小花园，失去了主人。几朵仅存的月季花，在秋风中颤抖，挣扎，苟延残喘，浑身凄凉、寂寞。

我每天走过那个小花园，也感到凄凉、寂寞。我心里总在想：到了明年春天，小花园将日益颓败，月季花不会再开。连那些在北京只有梅兰芳家才有的大朵的牵牛花，在这里也将永远永远地消逝了。我的心情很沉重。

昨天中午，我又走过这个小花园，看到那位接近米寿的德国老太太在篱笆旁忙活着。我走近一看，她正在采集大牵牛花的种子。这可真是件新鲜事儿。我在这里住了三十年，从来没有见到过她侍弄过花。我曾满腹疑团：德国人一般都是爱花的，这老太太真有点个别。可今天她为什么也忙着采集牵牛花的种子呢？她老态龙钟，罗锅着腰，穿一身黑衣裳，瘦得像一只螳螂。虽然采集花种不是累活，她干起来也是够呛的。我问她，采集这个干什么？她的回答极简单："我的丈夫死了，但是他爱的牵牛花不能死！"

我心里一亮，一下子顿悟出来了一个道理。她男人死了，一儿一女都在德国。老太太在中国可以说是举目无亲。虽然说是入了中国籍，但是在中国将近半个世纪，中国话说不了十句，中国饭吃不惯。她好像是中国社会水面上的一滴油，与整个社会格格不入，平常只同几个外国人和中国留德学生来往，显得很孤单。我常开玩笑说：她是组织上入了籍，思想上并没有入。到了此时，老头已去，儿女在外，返回德国，正其时矣。然而她却偏偏不走。道理何在呢？我百思不得其解。现在，一个非常偶然的机会让我看到她采集大牵牛花的种子。我一下子明白了：这一切都是为了死去的丈夫。

丈夫虽然走了，但是小花园还在，十分简陋的小房子还在。这小花园和小房子拴住了她那古老的回忆，长达半个世纪的甜蜜的回忆。这是他俩共同生活过的地方。为了忠诚于对丈夫的回忆，她不肯离开，不忍离开。我能够想象，她在夜深人静时，独对孤灯。窗外小竹林的窸窣声，穿窗而入。屋后土山上草丛中秋虫哀鸣。此外就是一片寂静。丈夫在时，她知道对面小屋里还睡着一个亲人，使自己不会感到孤独。然而现在呢，那个人突然离开自己，走了，永远永远地走了。茫茫天地，好像只剩下自己孤零一人。人生至此，将何以堪！设身处地，如果我处在她的位置上，我一定会马上离开这里，回到自己的祖国，同儿女在一起，度过余年。

然而，这一位瘦得像螳螂似的老太太却偏偏不走，偏偏死守空房，死守这一个小花园。我知道：这一切都是为了死去的丈夫。

这一位看似柔弱实极坚强的老太太，已经走到了人生的尽头。这一点恐怕她比谁都明白。然而她并未绝望，并未消沉。她还是浑身洋溢着生命力，在心中对未来还充满了希望。她还想到明年春天，她还想到牵牛花，她眼前一定不时闪过春天小花园杂花竞芳的景象。谁看到这种情况会不受到感动呢？我想，牵牛花而有知，到了明年春天，虽然男主人已经不在了，但它一定会精神抖擞，花朵一定会开得更大，更大，颜色一定会更鲜，更艳。

1992 年 9 月 20 日

赋得永久的悔

题目是韩小蕙女士出的，所以名之曰“赋得”。但文章是我心甘情愿做的，所以不是八股。

我为什么心甘情愿作这样一篇文章呢？一言以蔽之，题目出得好，不但实获我心，而且先获我心：我早就想写这样一篇东西了。

我已经到了望九之年。在过去的七八十年中，从乡下到城里；从国内到国外；从小学、中学、大学到洋研究院；从“志于学”到超过“从心所欲不逾矩”，曲曲折折，坎坎坷坷，既走过阳关大道，也走过独木小桥；既经过“山重水复疑无路”，又看到“柳暗花明又一村”，喜悦与忧伤并驾，失望与希望齐飞，我的经历可谓多矣。要讲后悔之事，那是俯拾即是。要选其中最深切、最真实、最难忘的悔，也就是永久的悔，那也是唾手可得，因为它片刻也没有离开过我的心。

我这永久的悔就是：不该离开故乡，离开母亲。

我出生在鲁西北一个极端贫困的村庄里。我们家是贫中之贫，真可以说是贫无立锥之地。“十年浩劫”中，我自己跳出来反对北大那一位倒行逆施但又炙手可热的“老佛爷”，被她视为眼中钉，必欲除之而后快。她手下的小喽啰们曾两次窜到我的故乡，处心积虑把我“打”成地主，他们那种狗仗人势穷凶极恶的教师爷架子，并没有能吓倒我的乡亲。我小时候的一位伙伴指着他们的鼻子，大声说：“如果让整个官庄来诉苦的话，季羡林家里是第一家！”

这一句话并没有夸大，他说的是实情。我祖父母早亡，留下了我父亲等三个兄弟，孤苦伶仃，无依无靠。最小的一叔送了人。我父亲和九叔饿得没有办法，只好到别人家的枣林里去捡落到地上的干枣充饥。这当然不是长久之计。最后兄弟俩被逼离乡背井，盲流到济南去谋生。此时他俩也不过十几二十岁。在举目无亲的大城市里，必然是经过千辛万苦，九叔在济南落住了脚。于是我父亲就回到了故乡，说是农民，但又无田可耕。又必然是经过千辛万苦，九叔从济南有时寄点钱回家，父亲赖以生活。不知怎么一来，竟然寻（读若 xín）上了媳妇，她就是我的母亲。母亲的娘家姓赵，门当户对，她家穷得同我们家差不多，否则也决不会结亲。她家里饭都吃不上，哪里有钱、有闲上学。所以我母亲一个字也不识，活了一辈子，连个名字都没有。她家是在另一个庄上，离我们庄五里路。这个五里路就是我母亲毕生所走的最长的距离。

北京大学那一位“老佛爷”要“打”成“地主”的人，也就是我，就出生在这样一个家庭里，就有这样一位母亲。

后来我听说，我们家确实也“阔”过一阵。大概在清末民初，九叔在东三省用口袋里剩下的最后的五角钱，买了十分之一的湖北水灾奖券，中了奖。兄弟俩商量，要“富贵而归故乡”，回家扬一下眉，吐一下气。于是把钱运回家，九叔仍然留在城里，乡里的事由父亲一手张罗。他用荒唐离奇的价钱，买了砖瓦，盖了房子。又用荒唐离奇的价钱，置了一块带一口水井的田地。一时兴会淋漓，真正扬眉吐气了。可惜好景不长，我父亲又用荒唐离奇的方式，仿佛宋江一样，豁达大度，招待四方朋友。一转瞬间，盖成的瓦房又拆了卖砖，卖瓦。有水井的田地也改变了主人。全家又回归到原来的情况。我就是在这个时候、在这样的情况下降生到人间来的。

母亲当然亲身经历了这个巨大的变化。可惜，当我同母亲住在一起的时候，我只有几岁，告诉我，我也不懂。所以，我们家这一次陡然上升，又陡然下降，只像是昙花一现，我到现在也不完全明白。这个谜恐怕要成为永恒的谜了。

不管怎样，我们家又恢复到从前那种穷困的情况。后来听人说，我们家那时只有半亩多地。这半亩多地是怎么来的，我也不清楚。一家三口人就靠这半亩多地生活。城里的九叔当然还会给点接济，然而像中湖北水灾奖那样的事儿，一辈子有一次也不算少了，九叔没有多少钱接济他的哥哥了。

家里日子是怎样过的，我年龄太小，说不清楚。反正吃得极坏，这个我是懂得的。按照当时的标准，吃“白的”（指麦子面）最高，其次是吃小米面或棒子面饼子，最次是吃红高粱饼子，颜色是红的，像猪肝一样。“白的”与我们家无缘。“黄的”（小米面或棒子面饼子颜色都是黄的）与我们缘分也不大。终日为伍者只有“红的”。这“红的”又苦又涩，真是难以下咽。但不吃又害饿，我真有点谈“红”色变了。

但是，小孩子也有小孩子的办法。我祖父的堂兄是一个举人，他的夫人我喊她奶奶。他们这一支是有钱有地的。虽然举人死了，但家境依然很好。我这一位大奶奶仍然健在。她的亲孙子早亡，所以把全部的钟爱都倾注到我身上来。她是整个官庄能够吃“白的”的仅有的几个人中之一。她不但自己吃，而且每天都给我留出半个或者四分之一个白面馍馍来。我每天早晨一睁眼，立即跳下炕来向村里跑，我们家住在村外。我跑到大奶奶跟前，清脆甜美地喊上一声：“奶奶！”她立即笑得合不上嘴，把手缩回到肥大的袖子，从口袋里掏出一小块馍馍，递给我，这是我一天最幸福的时刻。

此外，我也偶尔能够吃一点“白的”，这是我自己用劳动换来的。一到夏天麦收季节，我们家根本没有什么麦子可收。对门住的宁家大婶子和大姑——她们家也穷得够呛——就带我到本村或外村富人的地里去“拾麦子”。所谓“拾麦子”就是别家的长工割过麦子，总还会剩下那么一点点麦穗，这些都是不值得一捡的，我们这些穷人就来“拾”。因为剩下的决不会多，我们拾上半天，也不过拾半篮子；然而对我们来说，这已经是如获至宝了。一定是大婶和大姑对我特别照顾，以一个四五岁、五六岁的孩子，拾上一个夏天，也能拾上十斤八斤麦粒。这些都是母亲亲手搓出来的。为了对我加以奖励，麦季过后，母亲便把麦子磨成面，蒸成馍馍，或贴成白面饼子，让我解解馋。我于是就大快朵颐了。

记得有一年，我拾麦子的成绩也许是有点“超常”。到了中秋节——农民嘴里叫“八月十五”——母亲不知从哪里弄了点月饼，给我掰了一块，我就蹲在一块石头旁边，大吃起来。在当时，对我来说，月饼可真是神奇的好东西，龙肝凤髓也难以比得上的，我难得吃上一次。我当时并没有注意，母亲是否也在吃。现在回想起来，她根本一口也没有吃。不但是月饼，连其他“白的”，母亲从来都没有尝过，都留给我吃了。她大概是毕生就与红色的高粱饼子为伍。到了俭年，连这个也吃不上，那就只有吃野菜了。

至于肉类，吃的回忆似乎是一片空白。我姥娘家隔壁是一家卖煮牛肉的作坊。给农民劳苦耕耘了一辈子的老黄牛，到了老年，耕不动了，几个农民便以极其低的价钱买来，用极其野蛮的办法杀死，把肉煮烂，然后卖掉。老牛肉难煮，实在没有办法，农民就在肉锅里小便一通，这样肉就好烂了。农民心肠好，有了这种情况，就昭告四邻：“今天的肉你们别买！”姥娘家穷，虽然极其疼爱我这个外孙，也只能用土罐子，花几个制钱，装一罐子牛肉汤，聊胜于无。记得有一次，罐子里多了一块牛肚子。这就成了我的专利。我舍不得一气吃掉，就用生了锈的小铁刀，一块一块地割着吃，慢慢地吃。这一块牛肚真可以同月饼媲美了。

“白的”、月饼和牛肚难得，“黄的”怎样呢？“黄的”也同样难得。但是，尽管我只有几岁，我却也想出了办法。到了春、夏、秋三个季节，庄外的草和庄稼都长起来了。我就到庄外去割草，或者到人家高粱地里去劈高粱叶。劈高粱叶，田主不但不禁止，而且还欢迎；因为叶子一劈，通风情况就能改进，高粱长得就能更好，粮食打得就能更多。草和高粱叶都是喂牛用的。我们家穷，从来没有养过牛。我二大爷家是有地的，经常养着两头大牛。我这草和高粱叶就是给它们准备的。每当我这个不到三块豆腐干高的孩子背着一大捆草或高粱叶走进二大爷的大门，我心里有所恃而不恐，把草放在牛圈里，赖着不走，总能蹭上一顿“黄的”吃，不会被二大娘“捲”（我们那里的土话，意思是“骂”）出来。到了过年的时候，自己心里觉得，在过去的一年里，自己喂牛立了功，又有了勇气到二大爷家里赖着吃黄面糕。黄面糕是用黄米面加上枣蒸成的。颜色虽黄，却位列“白的”之上，因为一年只在过年时吃一次，“物以稀为贵”，于是黄面糕就贵了起来。

我上面讲的全是吃的东西。为什么一讲到母亲就讲起吃的东西来了呢？原因并不复杂。第一，我作为一个孩子容易关心吃的东西。第二，所有我在上面提到的好吃的东西，几乎都与母亲无缘。除了“红的”以外，其余她都不沾边儿。我在她身边只待到六岁，以后两次奔丧回家，待的时间也很短。现在我回忆起来，连母亲的面影都是迷离模糊的，没有一个清晰的轮廓。特别有一点，让我难解而又易解：我无论如何也回忆不起母亲的笑容来，她好像是一辈子都没有笑过。家境贫困，儿子远离，她受尽了苦难，笑容从何而来呢？有一次我回家听对面的宁大婶子告诉我说：“你娘经常说：‘早知道送出去回不来，我无论如何也不会放他走的！’”简短的一句话里面含着多少辛酸、多少悲伤啊！母亲不知有多少日日夜夜，眼望远方，盼望自己的儿子回来啊！然而这个儿子却始终没有归去，一直到母亲离开这个世界。

对于这个情况，我最初懵懵懂懂，理解得并不深刻。到了上高中的时候，自己大了几岁，逐渐理解了。但是自己寄人篱下，经济不能独立，空有雄心壮志，怎奈无法实现，我暗暗地下定了决心，立下誓愿：一旦大学毕业，自己找到工作，立即迎养母亲。然而没有等到我大学毕业，母亲就离开我走了，永远永远地走了。古人说：“树欲静而风不止，子欲养而亲不待”，这话正应到我身上，我不忍想象母亲临终时思念爱子的情况；一想到，我就会心肝俱裂，眼泪盈眶。当我从北平赶回济南，又从济南赶回清平奔丧的时候，看到了母亲的棺材，看到那简陋的屋子，我真想一头撞死在棺材上，随母亲于地下。我后悔，我真后悔，我千不该万不该离开了母亲。世界上无论什么名誉、什么地位、什么幸福、什么尊荣，都比不上待在母亲身边，即使她一个字也不识，即使整天吃“红的”。

这就是我的“永久的悔”。

1994 年 3 月 5 日

站在胡适之先生墓前

我现在站在胡适之先生墓前。他虽已长眠地下，但是他那典型的“我的朋友”式的笑容，仍宛然在目。可我最后一次见到这个笑容，却已是五十年前的事了。

1948 年 12 月中旬，是北京大学建校五十周年的纪念日。此时，解放军已经包围了北平城，然而城内人心并不惶惶。北大同仁和学生也并不惶惶；而且，不但不惶惶，在人们的内心中，有的非常殷切，有的还有点狐疑，都在期望着迎接解放军。适逢北大校庆大喜的日子，许多教授都满面春风，聚集在沙滩孑民堂中，举行庆典。记得作为校长的适之先生，作了简短的讲话，满面含笑，只有喜庆的内容，没有愁苦的调子。正在这个时候，城外忽然响起了隆隆的炮声。大家相互开玩笑说：“解放军给北大放礼炮哩！”简短的仪式完毕后，适之先生就辞别了大家，登上飞机，飞往南京去了。我忽然想到了李后主的几句词：“最是仓皇辞庙日，教坊犹唱别离歌，垂泪对宫娥。”我想改写一下，描绘当时适之先生的情景：“最是仓皇辞校日，城外礼炮声隆隆，含笑辞友朋。”我哪里知道，我们这一次会面竟是最后一次。如果我当时意识到这一点的话，我是含笑不起来的。

从此以后，我同适之先生便天各一方，分道扬镳，“世事两茫茫”了。听说，他离开北平后，曾从南京派来一架专机，点名接走几位老朋友，他亲自在南京机场恭候。飞机返回以后，机舱门开，他满怀希望地同老友会面。然而，除了一两位以外，所有他想接的人都没有走出机舱。据说——只是据说，他当时大哭一场，心中的滋味恐怕真是不足为外人道也。

适之先生在南京也没有能待多久，“百万雄师过大江”以后，他也逃往台湾。后来又到美国去住了几年，并不得志，往日的辉煌犹如春梦一场，它不复存在。后来又回到台湾，最初也不为当局所礼重。往日总统候选人的迷梦，也只留下了一个话柄，日子过得并不顺心。后来，不知怎样一来，他被选为“中央研究院”的院长，算是得到了应有的礼遇，过了几年舒适称心的日子。适之先生毕竟是一书生，一直迷恋于《水经注》的研究，如醉如痴，此时又得以从容继续下去。他的晚年可以说是差强人意的。可惜仁者不寿，猝死于宴席之间，死后哀荣备至。“中央研究院”为他建立了纪念馆，包括他生前的居室在内，并建立了胡适陵园，遗骨埋葬在院内的陵园。今天我们参拜的就是这个规模宏伟、极为壮观的陵园。

我现在站在适之先生墓前，鞠躬之后，悲从中来，心内思潮汹涌，如惊涛骇浪，眼泪自然流出。杜甫有诗："焉知二十载，重上君子堂。"我现在是"焉知五十载，躬亲扫陵墓"。此时，我的心情也是不足为外人道也。

我自己已经到望九之年，距离适之先生所呆的黄泉或者天堂乐园，只差几步之遥了。回忆自己八十多年的坎坷又顺利的一生，真如一部二十四史，不知从何处说起了。

积八十年之经验，我认为，一个人生在世间，如果想有所成就，必须具备三个条件：才能、勤奋、机遇。行行皆然，人人皆然，概莫能外。别的人先不说了，只谈我自己。关于才能一项，再自谦也不能说自己是白痴。但是，自己并不是什么天才，这一点自知之明，我还是有的。谈到勤奋，我自认还能差强人意，用不着有什么愧怍之感。但是，我把重点放在第三项上：机遇。如果我一生还能算得上有些微成就的话，主要是靠机遇。机遇的内涵是十分复杂的，我只谈其中恩师一项。韩愈说："古之学者必有师。师者所以传道、授业、解惑也。"根据老师这三项任务，老师对学生都是有恩的。然而，在我所知道的世界语言中，只有汉文把"恩"与"师"紧密地嵌在一起，成为一个不可分割的名词。这只能解释为中国人最懂得报师恩，为其他民族所望尘莫及的。

我在学术研究方面的机遇，就是我一生碰到了六位对我有教导之恩或者知遇之恩的恩师，我不一定都听过他们的课，但是，只读他们的书也是一种教导。我在清华大学读书时，读过陈寅恪先生所有的已经发表的著作，旁听过他的“佛经翻译文学”，从而种下了研究梵文和巴利文的种子。在当了或滥竽了一年国文教员之后，由于一个天上掉下来的机遇，我到了德国哥廷根大学。正在我入学后的第二个学期，瓦尔德施密特先生调到哥廷根大学任印度学的讲座教授。当我在教务处前看到他开基础梵文的通告时，我喜极欲狂。“踏破铁鞋无觅处，得来全不费功夫”，难道这不是天赐的机遇吗？最初两个学期，选修梵文的只有我一个外国学生。然而教授仍然照教不误，而且备课充分，讲解细致。威仪俨然，一丝不苟。几乎是我一个学生垄断课堂，受益之大，自可想见。二战爆发，瓦尔德施密特先生被征从军。已经退休的原印度讲座教授西克，虽已年逾八旬，毅然又走上讲台，教的依然是我一个中国学生。西克先生不久就告诉我，他要把自己平生的绝招全传授给我，包括《梨俱吠陀》《大疏》《十王子传》，还有他费了二十年的时间才解读了的吐火罗文，在吐火罗文研究领域中，他是世界最高权威。我并非天才，六七种外语早已塞满了我那渺小的脑袋瓜，我并不想再塞进吐火罗文。然而像我的祖父一般的西克先生，告诉我的是他的决定，一点征求意见的意思都没有。我唯一能走的道路就是：敬谨遵命。现在回忆起来，冬天大雪之后，在研究所上过课，天已近黄昏，积雪白皑皑地拥满十里长街。雪厚路滑，天空阴暗，地闪雪光，路上阒静无人，我搀扶着老爷子，一步高，一步低，送他到家。我没有见过自己的祖父，现在我真觉得，我身边的老人就是我的祖父，他为了学术，不惜衰朽残年，不顾自己的健康，想把衣钵传给我这个异国青年。此时我心中思绪翻腾，感激与温暖并在，担心与爱怜奔涌。我真不知道是置身何地了。

二战期间，我被困德国，一待就是十年。二战结束后，听说寅恪先生正在英国就医，我连忙给他写了一封致敬信，并附上发表在哥廷根科学院集刊上用德文写成的论文，向他汇报我十年学习的成绩。很快就收到了他的回信，问我愿不愿意到北大去任教。北大为全国最高学府，名扬全球；但是，门槛一向极高，等闲难得进入。现在竟有一个天赐的机遇落到我头上来，我焉有不愿意之理！我立即回信同意。寅恪先生把我推荐给了当时北大校长胡适之先生、代理校长傅斯年先生、文学院长汤用彤先生。寅恪先生在学术界有极高的声望，一言九鼎。北大三位领导立即接受。于是我这个三十多岁的毛头小伙子，在国内学术界尚无籍名，公然堂而皇之地走进了北大的大门。唐代中了进士，就“春风得意马蹄疾，一日看遍长安花”。我虽然没有一日看遍北平花，但是，身为北大正教授兼东方语言文学系系主任，心中有点洋洋自得之感，不也是人之常情吗？

在此后的三年内，我在适之先生和锡予（汤用彤）先生领导下学习和工作，度过了一段毕生难忘的岁月。我同适之先生，虽然学术辈分不同，社会地位悬殊，想来接触是不会太多的。但是，实际上却不然，我们见面的机会非常多。他那一间在孑民堂前东屋里的狭窄简陋的校长办公室，我几乎是常客。作为系主任，我要向校长请示汇报工作，他主编报纸上的一个学术副刊，我又是撰稿者，所以免不了也常谈学术问题。最难能可贵的是他待人亲切和蔼，见什么人都是笑容满面，对教授是这样，对职员是这样，对学生是这样，对工友也是这样。从来没见他摆当时颇为流行的名人架子、教授架子。此外，在教授会上，在北大文科研究所的导师会上，在北京图书馆的评议会上，我们也时常有见面的机会。我作为一个年轻的后辈，在他面前，决没有什么局促之感，经常如坐春风中。

适之先生是非常懂得幽默的，他决不老气横秋，而是活泼有趣。有一件小事，我至今难忘。有一次召开教授会，杨振声先生新收得了一幅名贵的古画，为了想让大家共同欣赏，他把画带到了会上，打开铺在一张极大的桌子上，大家都啧啧称赞。这时适之先生忽然站了起来，走到桌前，把画卷了起来，做纳入袖中状，引得满堂大笑，喜气洋洋。

这时候，印度总理尼赫鲁派印度著名学者师觉月博士来北大任访问教授，还派来了十几位印度男女学生来北大留学，这也算是中印两国间的一件大事。适之先生委托我照管印度老少学者。他多次会见他们，并设宴为他们接风。师觉月作第一次演讲时，适之先生出席，并用英文致欢迎词，讲中印历史上的友好关系，介绍师觉月的学术成就，可见他对此事之重视。

适之先生在美国留学时，忙于对西方，特别是对美国哲学与文化的学习，忙于钻研中国古代先秦的典籍，对印度文化以及佛教还没有进行过系统深入的研究。据说后来由于想写完《中国哲学史》，为了弥补自己的不足，开始认真研究中国佛教禅宗以及中印文化关系。我自己在德国留学时，忙于同梵文、巴利文、吐火罗文以及佛典拼命，没有余裕来从事中印文化关系史的研究。回国以后，迫于没有书籍资料，在不得已的情况下，开始注意中印文化交流史的研究。在新中国成立前的三年中，只写过两篇比较像样的学术论文:一篇是《浮屠与佛》，一篇是《列子与佛典》。第一篇讲的问题正是适之先生同陈援庵先生争吵到面红耳赤的问题，我根据吐火罗文解决了这个问题。两老我都不敢得罪，只采取了一个骑墙的态度。我想，适之先生不会不读到这一篇论文的。我只到清华园读给我的老师陈寅恪先生听，蒙他首肯，介绍给地位极高的《中央研究院历史语言研究所集刊》发表。第二篇文章，写成后我拿给了适之先生看，第二天他就给我写了一封信，信中说:“《生经》一证，确凿之至！”可见他是连夜看完的。他承认了我的结论，对我无疑是一个极大的鼓舞。这一次，我来到台湾，前几天，在大会上听到“中央研究院”李亦园院士的讲话，中间他讲到，适之先生晚年任“中央研究院”院长时，在下午饮茶的时候，他经常同年轻的研究人员坐在一起聊天。有一次，他说，做学问应该像北京大学的季羡林那样。我乍听之下，百感交集。适之先生这样说一定同上面两篇文章有关，也可能同我们分手后十几年中我写的一些文章有关。这说明，适之先生一直到晚年还关注着我的学术研究。知己之感，油然而生。在这样的情况下，我还可能有其他任何的感想吗？

适之先生以青年暴得大名，誉满士林。我觉得，不管适之先生自己如何定位，他一生毕竟是一个书生，说不好听一点，就是一个书呆子。我也举一件小事。有一次，在北京图书馆开评议会，会议开始时，适之先生匆匆赶到，首先声明，还有一个重要会议，他要早退席。会议开着开着就走了题，有人忽然谈到《水经注》。一听到《水经注》，适之先生立即精神抖擞，眉飞色舞，口若悬河。一直到散会，他也没有退席，而且兴致极高，大有挑灯夜战之势。从这样一个小例子中不也可以小中见大吗？

我在上面谈到了适之先生的许多德行，现在笼统称之为“优点”。我认为，其中最令我钦佩、最使我感动的却是他毕生奖掖后进。“平生不解藏人善，到处逢人说项斯。”他正是这样一个人。这样的例子是举不胜举的。中国是一个很奇怪的国家，一方面有我上面讲到的只此一家的“恩师”；另一方面却又有老虎拜猫为师学艺，猫留下了爬树一招没教给老虎，幸免为徒弟吃掉的民间故事。两者显然是有点矛盾的。适之先生对青年人一向鼓励提挈。20 世纪 40 年代，他在美国哈佛大学遇到当时还是青年的学者周一良和杨联升等，对他们的天才和成就大为赞赏。后来周一良回到中国，倾向进步，参加革命，其结果是众所周知的。杨联升留在美国，在二三十年的长时间内，同适之先生通信论学，互相唱和。在学术成就上也是硕果累累，名扬海外。周的天才与功力，只能说是高于杨，虽然在学术上也有所表现，但是，恪于形势，不免令人有未尽其才之感。看了两人的遭遇，难道我们能无动于衷吗？

适之先生于 1962 年猝然逝世，享年已经过了古稀，在中国历代学术史上，这已可以算是高龄了，但以今天的标准来衡量，似乎还应该活得更长一点。中国古称“仁者寿”，但适之先生只能说是“仁者不寿”。我自己当然是被蒙在鼓里，毫无所知。十几二十年以后，我脑袋里开始透进点光的时候，我越想越不是滋味，曾写了一篇短文《为胡适说几句话》，我连“先生”二字都没有勇气加上，可是还有人劝我以不发表为宜。文章终于发表了，反应还差强人意，至少没有人来追查我，我心里一块石头落了地。最近几年来，改革开放之风吹绿了中华大地，知识分子的心态有了明显的转变，身上的枷锁除掉了，原罪之感也消逝了。被泼在身上的污泥浊水逐渐清除了，再也用不着天天夹着尾巴过日子了。这种思想感情上的解放，大大地提高了他们的积极性，愿意为祖国的繁荣富强贡献自己的力量。出版界也奋起直追，出版了几部《胡适文集》。安徽教育出版社雄心最强，准备出版一部超过两千万字的《胡适全集》。我可是万万没有想到，主编这一非常重要的职位，出版社竟垂青于我。我本不是胡适研究专家，我诚惶诚恐，力辞不敢应允。但是出版社却说，现在北大曾经同适之先生共过事而过从又比较频繁的人，只剩下我一个人了。铁证如山，我只能“仰”（不是“俯”）允了。我也想以此报知遇之恩于万一。我写了一篇长达一万七千字的总序，副标题是“还胡适以本来面目”。意思也不过是想拨乱反正，以正视听而已。前不久，又有人邀我在《学林往事》中写一篇关于适之先生的文章，理由同前，我也应允而且从台湾回来后抱病写完。这一篇文章的副标题是“毕竟一书生”。原因是，前一个副标题说得太满，我哪里有能力还适之先生以本来面目呢，后一个副标题是说我对适之先生的看法，是比较实事求是的。

我在上面谈了一些琐事和非琐事，俱往矣，只留下了一些可贵的记忆。我可真是万万没有想到，到了望九之年，居然还能来到宝岛，这是以前连想都没敢想的事。到了台北以后，才发现，五十年前在北平结识的老朋友，比如梁实秋、袁同礼、傅斯年、毛子水、姚从吾等等，全已作古。我真是“访旧全为鬼，惊呼热中肠”了。天地之悠悠是自然规律，是人力所无法抗御的。

我现在站在适之先生墓前，心中浮想联翩，上下五十年，纵横数千里，往事如云如烟，又历历如在目前。中国古代有俞伯牙在钟子期墓前摔琴的故事，又有许多在挚友墓前焚稿的故事。按照这个旧理，我应当把我那新出齐了的《文集》搬到适之先生墓前焚掉，算是向他汇报我毕生科学研究的成果。但是，我此时虽思绪混乱，神智还是清楚的，我没有这样做。我环顾陵园，只见石阶整洁，盘旋而上，陵墓极雄伟，上覆巨石，墓志铭为毛子水亲笔书写，墓后石墙上嵌有“德艺双隆”四个大字，连同墓志铭，都金光闪闪，炫人双目。我站在那里，蓦抬头，适之先生那有魅力的典型的“我的朋友”式的笑容，突然显现在眼前，五十年依稀缩为一刹那，历史仿佛没有移动。但是，一定神儿，忽然想到自己的年龄，历史毕竟是动了，可我一点也没有颓唐之感。我现在大有“老骥伏枥，志在万里”之感。我相信，有朝一日，我还会有机会，重来宝岛，再一次站在适之先生的墓前。

1999 年 5 月 2 日

我的心是一面镜子

我生也晚，没有能看20世纪的开始。但是，时至今日，再有七年，21世纪就来临了。从我目前的身体和精神两个方面来看，我能看到两个世纪的交接，是丝毫也没有问题的。在这个意义上来讲，我也可以说是与20世纪共始终了，因此我有资格写“我与中国20世纪”。对时势的推移来说，每一个人的心都是一面镜子。我的心当然也不会例外。我自认为是一个颇为敏感的人，我这一面心镜，虽不敢说是纤毫必显，然确实并不迟钝。我相信，我的镜子照出了20世纪长达九十年的真实情况，是完全可以信赖的。

我生在1911年辛亥革命那一年。我出生两个月零四天以后，那一位“末代皇帝”，就从宝座上被请了下来。因此，我常常戏称自己是“满清遗少”。到了我能记事儿的时候，还有时候听乡民肃然起敬地谈北京的“朝廷”（农民口中的皇帝），仿佛他们仍然高踞宝座之上。我不理解什么是“朝廷”，他似乎是人，又似乎是神，反正是极有权威、极有力量的一种动物。

这就是我的心镜中照出的清代残影。

我的家乡山东清平县（现归临清市）是山东有名的贫困地区。

我们家是一个破落的农户。祖父母早亡，我从来没有见过他们。祖父之爱我是一点也没有尝到过的。他们留下了三个儿子，我父亲行大（在大排行中行七）。两个叔父，最小的一个送了人，改姓刁。剩下的两个，上无怙恃，孤苦伶仃，寄人篱下，其困难情景是难以言说的。恐怕哪一天也没有吃饱过。饿得没有办法的时候，兄弟俩就到村南枣树林子里去，捡掉在地上的烂枣，聊以果腹。这一段历史我并不清楚，因为兄弟俩谁也没有对我讲过。大概是因为太可怕、太悲惨，他们不愿意再揭过去的伤疤，也不愿意让后一代留下让人惊心动魄的回忆。

但是，乡下无论如何是待不下去了，待下去只能成为饿殍。不知道怎么一来，兄弟俩商量好，到外面大城市里去闯荡一下，找一条活路。最近的大城市只有山东首府济南。兄弟俩到了那里，两个毛头小伙子，两个乡巴佬，到了人烟稠密的大城市里，举目无亲。他们碰到多少困难，遇到多少波折。这一段历史我也并不清楚，大概是出于同一个原因，他们谁也没有对我讲过。

后来，叔父在济南立定了脚跟，至多也只能像是石头缝里的一棵小草，艰难困苦地挣扎着。于是兄弟俩商量，弟弟留在济南挣钱，哥哥回家务农，希望有朝一日，混出点名堂来，即使不能衣锦还乡，也得让人另眼相看，为父母和自己争一口气。

但是，务农要有田地，这是一个最简单的常识。可我们家所缺的正是田地这玩意儿。大概我祖父留下了几亩地，父亲就靠这个来维持生活。至于他怎样侍弄这点儿地，又怎样成的家。这一段历史对我来说又是一个谜。

我就是在这时候来到人间的。

天无绝人之路。正在此时或稍微前一点，叔父在济南失了业，流落在关东。用身上仅存的一元钱买了湖北水灾奖券，结果中了头奖，据说得到了几千两银子。我们家一夜之间成了暴发户。父亲买了六十亩带水井的地。为了耀武扬威起见，要盖大房子。一时没有砖，他便昭告全村：谁愿意拆掉自己的房子，把砖卖给他，他肯出几十倍高的价钱。俗话说："重赏之下，必有勇夫。"别人的房子拆掉，我们的房子盖成。东、西、北房各五大间。大门朝南，极有气派。兄弟俩这一口气总算争到了。

然而好景不长，我父亲是乡村中朱家、郭解一流的人物，仗"义"施财，忘乎所以。有时候到外村去赶集，他一时兴起，全席棚里喝酒吃饭的人，他都请了客。据说，没过多久，六十亩上好的良田被卖掉，新盖的房子也把东房和北房拆掉，卖了砖瓦。这些砖瓦买进时似黄金，卖出时似粪土。

一场春梦终成空。我们家又成了破落户。

在我能记事儿的时候，我们家已经穷到了相当可观的程度。一年大概只能吃一两次“白的”（指白面），吃得最多的是红高粱饼子，棒子面饼子也成为珍品。我在春天和夏天，割了青草，或劈了高粱叶，背到二大爷家里，喂他的老黄牛。赖在那里不走，等着吃上一顿棒子面饼子，打一打牙祭。夏天和秋天，对门的宁大婶和宁大姑总带我到外村的田地里去拾麦子和豆子。把拾到的可怜兮兮的一把麦子或豆子交给母亲。不知道积攒多少次，才能勉强打出点麦粒，磨成面，吃上一顿“白的”。我当然觉得如吃龙肝凤髓。但是，我从来不记得母亲吃过一口。她只是坐在那里，瞅着我吃。眼里好像有点潮湿。我当时哪里能理解母亲的心情呀！但是，我也隐隐约约地立下一个决心：有朝一日，将来长大了，也让母亲吃点“白的”。可是，“树欲静而风不止，子欲养而亲不待”。还没有等到我有能力让母亲吃“白的”，母亲竟舍我而去，留下了我一个终生难补的心灵伤痕，抱恨终天！

我们家，我父亲一辈，大排行兄弟十一个。有六个因为家贫，下了关东。从此音讯杳然。留下的只有五个，一个送了人，我上面已经说过。这五个人中，只有大大爷有一个儿子，不幸早亡，我从来没有见过他。我生下以后，就成了唯一的一个男孩子。在封建社会里，这意味着什么，大家自然能理解。

在济南的叔父只有一个女儿。于是兄弟俩一商量，要把我送到济南。当时母亲什么心情，我太年幼，完全不能理解。很多年以后，我才听人告诉我说，母亲曾说过，要知道一去不回头的话，我拼了命也不放那孩子走！这一句不是我亲耳听到的话，却终生回荡在我耳边。“谁言寸草心，报得三春晖？”

我终于离开了家，当年我六岁。

一个人的一生难免稀奇古怪的。个人走的路有时候并不由自己来决定。假如我当年留在家里，走的路是一条贫农的路。生活可能很苦，但风险决不会大。我今天的路怎样呢？我广开了眼界，认识了世界，认识了人生，获得了虚名。我曾走过阳关大道，也曾走过独木小桥；坎坎坷坷，又颇顺顺当当，一直走到了耄耋之年。如果当年让我自己选择道路的话，我究竟要选哪一条呢？概难言矣！

离开故乡时，我的心镜中留下的是一幅一个贫困至极的、一时走了运、立刻又垮下来的农村家庭的残影。

到了济南以后，我眼前换了一个世界。不用说别的，单说见到济南的山，就让我又惊又喜。我原来以为山只不过是一个个巨大无比的石头柱子。

叔父当然非常关心我的教育，我是季家唯一的传宗接代的人。我上过大概一年的私塾，就进了新式的小学校，济南一师附小。一切都比较顺利。五四运动影响了山东。一师校长是新派人物，首先采用了白话文教科书。国文教科书中有一篇寓言，名叫《阿拉伯的骆驼》，故事讲的是得寸进尺，是国际上流行的。无巧不成书，这一篇课文偏偏让叔父看到了，他勃然变色，大声喊道："骆驼怎么能说话呀！这简直是胡闹！赶快转学！"于是我就转到了新育小学。当时转学好像是非常容易，似乎没有走什么后门就转了过来。只举行一次口试，教员写了一个"骡"字，我认识，我的比我大一岁的亲戚不认识。我直接插入高一，而他则派进初三。一字之差，我硬是沾了一年的光。这就叫作人生！最初课本还是文言，后来则也随时代潮流改了白话，不但骆驼能说话，连乌龟、蛤蟆都说起话来，叔父却置之不管了。

叔父是一个非常有天才的人。他并没有受过什么正规教育，在颠沛流离中，完全靠自学，获得了知识和本领。他能作诗，能填词，能写字，能刻图章。中国古书也读了不少。按照他的出身，他无论如何也不应该对宋明理学发生兴趣；然而他竟然发生了兴趣，而且还极为浓烈，非同一般。这件事我至今大惑不解。我每看到他正襟危坐，威仪俨然，在读《皇清经解》一类十分枯燥的书时，我都觉得滑稽可笑。

这当然影响了对我的教育。我这一根季家的独苗他大概想要我诗书传家。《红楼梦》《三国演义》《水浒传》等等，他都认为是"闲书"，绝对禁止看。大概出于一种逆反心理，我爱看的偏是这些书。中国旧小说，包括《金瓶梅》《西厢记》等等几十种，我都偷着看了个遍。放学后不回家，躲在砖瓦堆里看，在被窝里用手电照着看。这样大概过了有几年的时间。叔父的教育则是另外一回事。在正谊时，他出钱让我在下课后跟一个国文老师念古文，连《左传》等都念。回家后，吃过晚饭，立刻又到尚实英文学社去学英文，一直到深夜。这样天天连轴转，也有几年的时间。

叔父相信“中学为体”，这是可以肯定的。但是是否也相信“西学为用”呢？这一点我说不清楚。反正当时社会上都认为，学点洋玩意儿是能够升官发财的。这是一种实用主义的“崇洋”，“媚外”则不见得。叔父心目中“夷夏之辨”是很显然的。

大概是 1926 年，我在正谊中学毕了业，考入设在北园白鹤庄的山东大学附设高中文科去念书。这里的教员可谓极一时之选。国文教员王崑玉先生，英文教员尤桐先生、刘先生和杨先生，数学教员王先生，史地教员祁蕴璞先生，伦理学教员鞠思敏先生（正谊中学校长），论理学教员完颜祥卿先生（一中校长），还有教经书的“大清国”先生（因为诨名太响亮，真名忘记了），另一位是前清翰林。两位先生教《书经》《易经》《诗经》，上课从不带课本，五经、四书连注都能背诵如流。这些教员全是佼佼者，再加上学校环境有如仙境，荷塘四布，垂柳蔽天，是念书再好不过的地方。

我有意识地认真用功，是从这里开始的。我是一个很容易受环境支配的人。在小学和初中时，成绩不能算坏，总在班上前几名，但从来没有考过甲等第一。我毫不在意，照样钓鱼、摸虾。到了高中，国文作文无意中受到了王崑玉先生的表扬，英文是全班第一。其他课程考个高分并不难，只需稍稍一背，就能应付裕如。结果我生平第一次考了一个甲等第一，平均分数超过九十五分，是全校唯一的一个学生。当时山大校长兼山东教育厅长、前清状元王寿彭，亲笔写了一副对联和一个扇面奖给我。这样被别人一指，我的虚荣心就被抬起来了。从此认真注意考试名次，再不掉以轻心。结果两年之内，四次期考，我考了四个甲等第一，威名大震。在这一段时间内，外界并不安宁。军阀混战，鸡犬不宁。直奉战争、直皖战争，时局瞬息万变，“你方唱罢我登场”。有一年山大祭孔，我们高中学生受命参加。我第一次见到当时的奉系山东土匪督军——不知道自己有多少兵、多少钱和多少姨太太的张宗昌，他穿着长袍、马褂，匍匐在地，行叩头大礼。此情此景，至今犹在眼前。

到了 1928 年，蒋介石假“革命”之名，打着孙中山先生的招牌，算是一股新力量，从广东北伐，有共产党的协助，以雷霆万钧之力，一路扫荡，宛如劲风卷残云，大军占领了济南。此时，日本军国主义分子想趁火打劫，出兵济南，酿成了有名的“五三惨案”。高中关了门。在这一段时间内，我的心镜中照出来的影子是封建又兼维新的教育再加上军阀混战。

日寇占领了济南，国民党军队撤走。学校都不能开学。我过了一年临时亡国奴生活。

此时日军当然是全济南至高无上的唯一的统治者。同一切非正义的统治者一样，他们色厉内荏，十分害怕中国老百姓，简直害怕到风声鹤唳、草木皆兵的程度。天天如临大敌，常常搞一些突然袭击，到居民家里去搜查。我们一听到日军到附近某地来搜查了，家里就像开了锅。有人主张关上大门，有人坚决反对。前者说：不关门，日本兵会说："你怎么这样大胆呀！竟敢双门大开！"于是捅上一刀。后者则说：关门，日本兵会说："你们一定有见不得人的勾当；不然的话，皇军驾到，你们应该开门恭迎嘛！"于是捅上一刀。结果是，一会儿开门，一会儿又关上，如坐针毡，又如热锅上的蚂蚁。此情此景，非亲身经历者，是决不能理解的。我还有一段个人经历。我无学可上，又深知日本人最恨中国学生，在山东焚烧日货的"罪魁祸首"就是学生。我于是剃光了脑袋，伪装是商店的小徒弟。有一天，走在东门大街上，迎面来了一群日军，检查过往行人。我知道，此时万不能逃跑，一定要镇定，否则刀枪无情。我貌似坦然地走上前去。一个日兵搜我的全身，发现我腰里扎的是一条皮带。他如获至宝，发出狞笑，说道："你的，狡猾的大大地。你不是学徒，你是学生。学徒的，是不扎皮带的！"我当头挨了一棒，幸亏还没有昏过去，我向他解释：现在小徒弟们也发了财，有的能扎皮带了。他坚决不信。正在争论的时候，另外一个日军走了过来，大概是比那一个高一级的，听了那个日军的话，似乎有点不耐烦，一摆手："让他走吧！"我于是死里逃生，从阴阳界上又转了回来。我身上出了多少汗，只有我自己知道。

在这一年内，我心镜上照出的是临时或候补亡国奴的影像。

1929年，日军撤走，国民党重进。我在求学的道路上，从此开辟了一个新天地。

此时，北园高中关了门，新成立了一所山东省立济南高中，是全省唯一的一所高级中学。我没有考试，就入了学。

校内换了一批国民党的官员，"党"气颇浓，令人生厌。但是总的精神面貌却是焕然一新。最明显不过的是国文课。"大清国"没有了，经书不念了，文言作文改成了白话。国文教员大多是当时颇为著名的新文学家。我的第一个国文教员是胡也频烈士。他很少讲正课，每一堂都是宣传"现代文艺"，亦名"普罗文学"，也就是无产阶级文学。一些青年，其中也有我，大为兴奋。公然在宿舍门外摆上桌子，号召大家参加"现代文艺研究会"。还准备出刊物，我为此写了一篇文章，叫作《现代文艺的使命》，里面生吞活剥抄了一些从日文译过来的所谓马克思主义文艺理论的文句。译文像天书，估计我也看不懂，但是充满了革命义愤和口号的文章，却堂而皇之地写成了。文章还没有来得及刊出，国民党通缉胡先生，他慌忙逃往上海，一二年后就被国民党杀害。我的革命梦像肥皂泡似的破灭了，从此再也没有“革命”，一直到新中国成立。

接胡先生的是董秋芳（冬芬）先生。他算是鲁迅的小友，北京大学毕业，翻译了一本《争自由的波浪》，有鲁迅写的序。不知道怎样一来，我写的作文得到了他的垂青，他发现了我的写作“天才”，认为是全班、全校之冠。我有点飘飘然，是很自然的。到现在，在六十年漫长的过程中，不管我搞什么样的研究工作，写散文的笔从来没有放下过。写得好坏，姑且不论。对我自己来说，文章能抒发我的感情，表露我的喜悦，缓解我的忿怒，激励我的志向。这样的好处已经不算少了。我永远怀念我这位尊敬的老师！

在这一年里，我的心镜照出来的仿佛是我的新生。

1930 年夏天，我们高中一级的学生毕了业。几十个举子联合“进京赶考”。当时北京（北平）的大学五花八门，国立、私立、教会立，纷然杂陈。水平极端参差不齐，吸引力也就大不相同。其中最受尊重的，同今天完全一样，是北大与清华，两个“国立”大学。因此，全国所有的赶考的举子没有不报考这两所大学的。这两所大学就仿佛变成了龙门，门槛高得可怕。往往几十人中录取一个。被录取的金榜题名，鲤鱼变成了龙。我来投考的那一年，有一个山东老乡，已经报考了五次，次次名落孙山。这一年又同我们报考，也就是第六次，结果仍然榜上无名。他精神失常，一个人恍恍惚惚在西山一带漫游了七天，才清醒过来。他从此断了大学梦，回到了山东老家，后不知所终。

我当然也报了北大与清华。同别的高中同学不同的是，我只报这两个学校，仿佛极有信心——其实我当时并没有考虑这样多，几乎是本能地这样干了——别的同学则报很多大学，二流的、三流的、不入流的，有的人竟报到七八所之多。我一辈子考试的次数成百成千，从小学一直考到获得最高学位；但我考试的运气好，从来没有失败过。这一次又撞上了喜神，北大和清华我都被录取，一时成了人们羡慕的对象。

但是，北大和清华，对我来说，却成了鱼与熊掌。何去何从？一时成了挠头的问题。我左考虑，右考虑，总难以下这一步棋。当时“留学热”不亚于今天，我未能免俗。如果从留学这个角度来考虑，清华似乎有一日之长。至少当时人们都是这样看的。“吾从众”，终于决定选清华，入的是西洋文学系（后改名外国语文系）。

在旧中国，清华西洋文学系名震神州。主要原因是教授几乎全是外国人，讲课当然用外国话，中国教授也多用外语（实际上就是英语）授课。这一点就具有极大的吸引力。夷考其实，外国教授几乎全部不学无术，在他们本国恐怕连中学都教不上。因此，在本系所有的必修课中，没有哪一门课我感到满意。反而是我旁听和选修的两门课，令我终生难忘，终身受益。旁听的是陈寅恪先生的“佛经翻译文学”，选修的是朱光潜先生的“文艺心理学”，就是美学。在本系中国教授中，叶公超先生教我们大一英文。他英文大概是好的，但有时故意不修边幅，好像要学习竹林七贤，给我没有留下好印象。吴宓先生的两门课“中西诗之比较”和“英国浪漫诗人”，给我留下了深刻的印象。

此外，我还旁听了或偷听了很多外系的课。比如朱自清、俞平伯、谢婉莹（冰心）、郑振铎（西谛）等先生的课，我都听过，时间长短不等。在这种旁听活动中，我有成功，也有失败。最失败的一次，是同许多男同学，被冰心先生婉言赶出了课堂。最成功的是旁听西谛先生的课。西谛先生豁达大度，待人以诚，没有教授架子，没有行帮意识。我们几个年轻大学生——吴组缃、林庚、李长之，还有我自己——由听课而同他有了个人来往。他同巴金、靳以主编大型的《文学季刊》是当时轰动文坛的大事。他也竟让我们名不见经传的无名小卒，充当《文学季刊》的编委或特约撰稿人，名字赫然印在杂志的封面上，对我们来说这实在是无上的光荣。结果我们同西谛先生成了忘年交，终生维持着友谊，一直到1958年他在飞机失事中遇难。到了今天，我们一想到郑先生还不禁悲从中来。

此时政局是非常紧张的。蒋介石在拼命“安内”，日军已薄古北口，在东北兴风作浪，更不在话下。“九·一八”后，我也曾参加清华学生卧轨绝食，到南京去请愿，要求蒋介石出兵抗日。我们满腔热血，结果被满口谎言的蒋介石捉弄，铩羽而归。

美丽安静的清华园也并不安静。国共两方的学生斗争激烈。此时，胡乔木（原名胡鼎新）同志正在历史系学习，与我同班。他在进行革命活动，其实也并不怎么隐蔽。每天早晨，我们洗脸盆里塞上的传单，就出自他之手。这是一个公开的秘密，尽人皆知。他曾有一次在深夜坐在我的床上，劝说我参加他们的组织。我胆小怕事，没敢答应。只答应到他主办的工人子弟夜校去上课，算是聊助一臂之力，稍报知遇之恩。

学生中国共两派的斗争是激烈的，详情我不得而知。我算是中间偏左的逍遥派，不介入，也没有兴趣介入这种斗争。不过据我的观察，两派学生也有联合行动，比如到沙河、清河一带农村中去向农民宣传抗日。我参加过几次，记忆中好像也有倾向国民党的学生参加。原因大概是，尽管蒋介石不抗日，青年学生还是爱国的多。在中国知识分子中，爱国主义的传统是源远流长的，根深蒂固的。

这几年，我们家庭的经济情况颇为不妙。每年寒暑假回家，返校时筹集学费和膳费，就煞费苦心。清华是国立大学，花费不多。每学期收学费四十元；但这只是一种形式，毕业时学校把收的学费如数还给学生，供毕业旅行之用。不收宿费，膳费每月六块大洋，顿顿有肉。即使是这样，我也开支不起。我的家乡清平县，国立大学生恐怕只有我一个，视若“县宝”，每年津贴我五十元。另外，我还能写点文章，得点稿费，家里的负担就能够大大地减轻。我就这样在颇为拮据的情况中度过了四年，毕了业，戴上租来的学士帽照过一张相，结束了我的大学生活。

当时流行着一个词儿，叫“饭碗问题”，还流行着一句话，是“毕业即失业”。除了极少数高官显宦、富商大贾的子女以外，谁都会碰到这个性命交关的问题。我从三年级开始就为此伤脑筋。我面临着承担家庭主要经济负担的重任。但是，我吹拍乏术，奔走无门。夜深人静之时，自己脑袋里好像是开了锅。然而结果却是一筹莫展。

眼看快要到1934年的夏天，我就要离开学校了。真好像是大旱之年遇到甘霖，我的母校济南省立高中校长宋还吾先生，托人邀我到母校去担任国文教员。月薪大洋一百六十元，是大学助教的一倍。大概因为我发表过一些文章，我就被认为是文学家，而文学家都一定能教国文，这就是当时的逻辑。这一举真让我受宠若惊，但是我心里却打开了鼓：我是学西洋文学的，高中国文教员我当得了吗？何况我的前任是被学生“架”（当时学生术语，意思是“赶”）走的，足见学生不易对付。我去无疑是自找麻烦，自讨苦吃，无异于跳火坑。我左考虑，右考虑，终于举棋不定，不敢答复。然而，时间是不饶人的。暑假就在眼前，离校已成定局，最后我咬了咬牙，横下了一条心：“你有勇气请，我就有勇气承担！”

于是在1934年秋天，我就成了高中的国文教员。校长待我是好的，同学生的关系也颇融洽。但是同行的国文教员对我却有挤对之意。全校三个年级，十二个班，四个国文教员，每人教三个班。这就来了问题：其他三位教员都比我年纪大得多，其中一个还是我的老师一辈，都是科班出身，教国文成了老油子，根本用不着备课。他们却每人教一个年级的三个班，备课只有一个头。我教三个年级剩下的那个班，备课有三个头，其困难与心里的别扭是显而易见的。所以在这一年里，收入虽然很好（一百六十元的购买力约与今天的三千二百元相当），心情却是郁闷。眼前的留学杳无踪影，手中的饭碗飘忽欲飞。此种心情，实不足为外人道也。但是，幸运之神（如果有的话）对我是垂青的。正在走投无路之际，母校清华大学同德国学术交换处签订了互派留学生的合同，我喜极欲狂，立即写信报了名，结果被录取。这比考上大学金榜题名的心情，又自不同，别是一番滋味在心头。积年愁云，一扫而空，一生幸福，一锤定音。仿佛金饭碗已经捏在手中。自己身上一镀金，则左右逢源，所向无前。我当时看一切东西，都发出玫瑰色的光泽了。

然而，人是不能脱离现实的。我当时的现实是：亲老，家贫，子幼。我又走到了一生最大的一个歧路口上。何去何从？难以决定。这个歧路口，对我来说，意义真正是无比的大。不向前走，则命定一辈子当中学教员，饭碗还不一定经常能拿在手中，向前走，则会是另一番境界。“马前桃花马后雪，教人怎敢再回头？”

经过了痛苦的思想矛盾，经过了细致的家庭协商，决定了向前迈步。好在原定期限只有两年，咬一咬牙就过来了。

我于是在 1935 年夏天离家，到北平和天津办理好出国手续，乘西伯利亚火车，经苏联，到了柏林。我自己的心情是：万里投荒第二人。

在这一段从大学到教书一直到出国的时期中，我的心镜中照见的是：蒋介石猖狂反共，日本军野蛮入侵，时局动荡不安，学生两极分化，这样一幅十分复杂矛盾的图像。

马前的桃花，远看异常鲜艳，近看则不见得。

我在柏林待了几个月，中国留学生人数颇多，认真读书者当然有之，终日鬼混者也不乏其人。国民党的大官，自蒋介石起，很多都有子女在德国“流学”。这些高级“衙内”看不起我，我更藐视这一群行尸走肉的家伙，羞与他们为伍。此地“信美非吾土”，到了深秋，我就离开柏林，到了小城又是科学名城的哥廷根。从此以后，在这里一住就是七年，没有离开过。德国给我一月一百二十马克。房租约占百分之四十，吃饭也差不多。手中几乎没有余钱。同官费学生一个月八百马克相比，真如小巫见大巫。我在德国住了那么久的时间，从来没有寒暑假休息，从来没有旅游，一则因为“阮囊羞涩”，二则珍惜寸阴，想多念一点书。

我不远万里而来，是想学习的。但是，学习什么呢？最初并没有一个十分清楚的打算。第一学期，我选了希腊文，样子是想念欧洲古典语言文学。但是，在这方面，我无法同德国学生竞争，他们在中学里已经学了八年拉丁文，六年希腊文。我心里彷徨起来。

到了 1936 年春季始业的那一学期，我在课程表上看到了瓦尔德施密特开的梵文初学课，我狂喜不止。在清华时，受了陈寅恪先生讲课的影响，就有志于梵学。但在当时，中国没有人开梵文课，现在竟于无意中得之，焉能不狂喜呢？于是我立即选了梵文课。在德国，要想考取哲学博士学位，必须修三个系，一主二副。我的主系是梵文、巴利文，两个副系是英国语言学和斯拉夫语言学。我从此走上了正规学习的道路。

1937 年，我的奖学金期满。正在此时，日军发动了卢沟桥事变，虎视眈眈，意在吞并全中国和亚洲。我是望乡兴叹，有家难归。但是天无绝人之路，汉文系主任夏伦邀我担任汉语讲师，我实在像久旱逢甘霖，当然立即同意，走马上任。这个讲师工作不多，我照样当我的学生，我的读书基地仍然在梵文研究所，偶尔到汉学研究所来一下。这情况一直继续到 1945 年秋天我离开德国。

1939 年，第二次世界大战全面爆发。我原以为像这样杀人盈野、积血成河的人类极端残酷的大搏斗，理应震撼三界，摇动五洲，使禽兽颤抖，使人类失色。然而，我有幸身临其境，只不过听到几次法西斯头子狂嚎——这在当时的德国是司空见惯的事——好像是春梦初觉，无声无息地就走进了战争。战争初期阶段，德军的胜利使德国人如疯如狂，对我则是一个打击。他们每胜利一次，我就在夜里服安眠药一次。积之既久，失眠成病，成了折磨我几十年的终生痼疾。

最初生活并没有怎样受到影响。慢慢地肉和黄油限量供应了，慢慢地面包限量供应了，慢慢地其他生活用品也限量供应了。在不知不觉中，生活的螺丝越拧越紧。等到人们明确地感觉到时，这螺丝已经拧得很紧很紧了，但是除了极个别的反法西斯的人以外，我没有听到老百姓说过一句怨言。德国法西斯头子统治有术，而德国也是一个十分奇特的民族，对我来说，简直像个谜。

后来战火蔓延，德国四面被封锁，供应日趋紧张。我天天挨饿，夜夜做梦，梦到中国的花生米。我幼无大志，连吃东西也不例外。有雄心壮志的人，梦到的一定是燕窝、鱼翅，哪能像我这样没出息地只梦到花生米呢？饿得厉害的时候，我简直觉得自己是处在饿鬼地狱中，恨不能把地球都整个吞下去。

我仍然继续念书和教书。除了挨饿外，天上的轰炸最初还非常稀少。我终于写完了博士论文。此时瓦尔德施密特教授被征从军，他的前任已退休的老教授 Prof. E. Sieg（西克）替他上课。他用了几十年的时间读通了吐火罗文，名扬全球。按岁数来讲，他等于我的祖父。他对我也完全是一个祖父的感情。他一定要把自己全部拿手的好戏都传给我：印度古代语法、吠陀，而且不容我提不同意见，一定要教我吐火罗文。我乘瓦尔德施密特教授休假之机，通过了口试，布朗恩口试俄文和斯拉夫文，罗德尔口试英文。考试及格后，仍在西克教授指导下学习。我们天天见面，冬天黄昏，在积雪的长街上，我搀扶着年逾八旬的异国的老师，送他回家。我忘记了战火，忘记了饥饿，我心中只有身边这个老人。

我当然怀念我的祖国，怀念我的家庭。此时邮政早已断绝。杜甫诗："烽火连三月，家书抵万金。"我却是"烽火连三年，家书抵亿金"。事实上根本收不到任何信。这大大地加剧了我的失眠症，晚上吞服的药量，与日俱增，能安慰我的只有我的研究工作。此时英美的轰炸已成家常便饭，我就是在饥饿与轰炸中写成了几篇论文。大学成了女生的天下，男生都被抓去当了兵。过了没有多久，男生有的回来了，但不是缺一只手，就是缺一条腿。双拐击地的声音在教室大楼中往复回荡，形成了独特的合奏。

到了此时，前线屡战屡败，法西斯头子的牛皮虽然照样厚颜无耻地吹，然而已经空洞无力，有时候牛头不对马嘴。从我们外国人眼里来看，败局已定，任何人也回天无力了。

德国人民怎么样呢？经过我十年的观察与感受，我觉得，德国人不愧是世界上最优秀的人民之一。文化昌明，科学技术处于世界前列，大文学家、大哲学家、大音乐家、大科学家之多，近代哪一个民族也比不上。而且为人正直、淳朴，个个都是老实巴交的样子。在政治上，他们却是比较单纯的。真心拥护希特勒者占绝大多数。令我大惑不解的是，希特勒极端诬蔑中国人，视为文明的破坏者。按理说，我在德国应当遇到很多麻烦。然而，实际上，我却一点麻烦也没有遇到。听说，在美国，中国人很难打入美国人社会。可我在德国，自始至终就在德国人社会之中，我就住在德国人家中，我的德国老师，我的德国同学，我的德国同事，我的德国朋友，从来待我如自己人，没有丝毫歧视。这一点让我终生难忘。

这样一个民族现在怎样看待垂败的战局呢？他们很少跟我谈论战争问题，对生活的极端艰苦，轰炸的极端野蛮，他们好像都无动于衷，他们有点茫然、漠然。一直到 1945 年春，美国军队攻入哥廷根，法西斯彻底完蛋了，德国人仍然无动于衷，大有逆来顺受的意味，又仿佛当头挨了一棒，在茫然、漠然之外，又有点昏昏然、懵懵然。

惊心动魄的第二次世界大战，持续了六年，现在终于闭幕了。我在惊魂甫定之余，顿时想到了祖国，想到了家庭，我离开祖国已经十年了，我在内心深处感到了祖国对我这个海外游子的召唤。几经交涉，美国占领军当局答应用吉普车送我们到瑞士去。我辞别德国师友时，心里十分痛苦，特别是西克教授，我看到这位耄耋老人面色凄楚，双手发颤，我们都知道，这是最后一面了。我连头也不敢回，眼里流满了热泪。我的女房东对我放声大哭。她儿子在外地，丈夫已死，我这一走，房子里空空洞洞，只剩下她一个人。几年来她实际上是同我相依为命，而今以后，日子可怎样过呀！离开她时，我也是头也没有敢回，含泪登上美国吉普。我在心里套一首旧诗想成了一首诗：

留学德国已十霜，
归心日夜忆旧邦。
无端越境入瑞士，
客树回望成故乡。

这十年在我的心镜上照出的是法西斯统治，极端残酷的世界大战，游子怀乡的残影。

1945 年 10 月，我们到了瑞士。在这里待了几个月。1946 年春天，离开瑞士，经法国马赛，乘为法国运兵的英国巨轮，到了越南西贡。在这里待到夏天，又乘船经香港回到上海，别离祖国将近十一年，现在终于回来了。

此时，我已经通过陈寅恪先生的介绍，胡适之先生、傅斯年先生和汤用彤先生的同意，到北大来工作。我写信给在英国剑桥大学任教的哥廷根旧友夏伦教授，谢绝了剑桥之聘，决定不再回欧洲。同家里也取得了联系，寄了一些钱回家。我感激叔父和婶母，以及我的妻子彭德华，他们经过千辛万苦，努力苦撑了十一年，我们这个家才得以完整安康地留了下来。

当时正值第三次革命战争激烈进行，交通中断，我无法立即回济南老家探亲。我在上海和南京住了一个夏天。在南京曾叩见过陈寅恪先生，到中央研究院拜见过傅斯年先生。1946 年深秋，从上海乘船到秦皇岛，转乘火车，来到了暌别十一年的北京。深秋寂冷，落叶满街，我心潮起伏，酸甜苦辣，说不出来是什么滋味。阴法鲁先生到车站去接我们，把我暂时安置在北大红楼。第二天，会见了文学院长汤用彤先生。汤先生告诉我，按北大以及其他大学规定，得学位回国的学人，最高只能给予副教授职称，在南京时傅斯年先生也告诉过我同样的话。能到北大来，我已经心满意足，焉敢妄求？但是过了没有多久，大概只有个把礼拜，汤先生告诉我，我已被定为正教授兼东方语言文学系主任，时年三十五岁。当副教授时间之短，我恐怕是创了新纪录。这完全超出了我的想望。我暗下决心：努力工作，积极述作，庶不负我的老师和师辈培养我的苦心！

此时的时局却是异常恶劣的。以蒋介石为首的国民党，剥掉自己的一切画皮，贪污成性，贿赂公行，大搞“五子登科”，接收大员满天飞，“法币”天天贬值，搞了一套银圆券、金圆券之类的花样，毫无用处。人民生活在水深火热之中，大学教授也不例外。手中领到的工资，一个小时以后，就能贬值。大家纷纷换银圆，换美元，用时再换成法币。每当手中攥上几个大头时，心里便暖乎乎的，仿佛得到了安全感。

在学生中，新旧势力的斗争异常激烈。国民党垂死挣扎，进步学生猛烈进攻。当时流传着一个说法：在北平有两个解放区，一个是北大的民主广场，一个是清华园。我住在红楼，有几次也受到了国民党北平市党部纠集的天桥流氓等闯进来捣乱的威胁。我们在夜里用桌椅封锁了楼口，严阵以待，闹得人心惶惶，我们觉得又可恨，又可笑。

但是，腐败的东西终究会灭亡的，这是一条人类和大自然中进化的规律。1949 年春，北京终于解放了。

在这三年中，我的心镜中照出的是黎明前的一段黑暗。

如果把我的一生分成两截的话，我习惯的说法是，前一截是旧社会，共三十八年。后一截是新社会，年数现在还没法确定，我一时还不想上八宝山，我无法给我的一生画上句号。

为什么要分为两截呢？一定是认为两个社会差别极大，非在中间划上鸿沟不行。实际上，我同当时留下没有出国或到台湾去的中老年知识分子一样，对共产党并不了解；对共产主义也不见得那么向往；但是对国民党我们是了解的。因此，解放军进城我们是欢迎的，我们内心是兴奋的，希望而且也觉得从此换了人间。新中国成立初期，政治清明，一团朝气，许多措施深得人心。旧社会留下的许多污泥浊水，荡涤一清。我们都觉得从此河清有日，幸福来到了人间。但是，我们也有一个适应过程。别的比我年老的知识分子的真实心情，我不了解。至于我自己，我当时才四十岁，算是刚刚进入中年，但是我心中需要克服的障碍就不老少。参加大会，喊“万岁”之类的口号，最初我张不开嘴。连脱掉大褂换上中山装这样的小事，都觉得异常别扭，他可知矣。

对我来说，这个适应过程并不长，也没有感到什么特殊的困难，我一下子像是变了一个人。觉得一切的一切都是美好的，都是善良的。我觉得天特别蓝，草特别绿，花特别红，山特别青。全中国仿佛开遍了美丽的玫瑰花，中华民族前途光芒万丈，我自己仿佛又年轻了十岁，简直变成了一个大孩子。开会时，游行时，喊口号，呼“万岁”，我的声音不低于任何人，我的激情不下于任何人。现在回想起来，那是我一生最愉快的时期。

但是，反观自己，觉得百无是处。我从内心深处认为自己是一个地地道道的“摘桃派”。中国人民站起来了，自己也跟着挺直了腰板。任何类似贾桂的思想，都一扫而空。我享受着“解放”的幸福，然而我干了什么事呢？我做出了什么贡献呢？我确实没有当汉奸，也没有加入国民党，没有屈服于德国法西斯。但是，当中华民族的优秀儿女把脑袋挂在裤腰带上，浴血奋战，壮烈牺牲的时候，我却躲在万里之外的异邦，在追求自己的名山事业。天下可耻事宁有过于此者乎？我觉得无比的羞耻。连我那一点所谓学问——如果真正有的话——也是极端可耻的。

我左思右想，沉痛内疚，觉得自己有罪，觉得知识分子真是不干净。我仿佛变成了一个基督教徒，深信“原罪”的说法。在好多好多年，这种“原罪”感深深地印在我的灵魂中。

我当时时发奇想，我希望时间之轮倒拨回去，拨回到战争年代，给我一个机会，让我立功赎罪。我一定会不惜牺牲自己的性命，为了革命，为了民族。我甚至有近乎疯狂的幻想：如果我们的领袖遇到生死危机，我一定会挺身而出，用自己的鲜血与性命来保卫领袖。

我处处自惭形秽。我当时最羡慕、最崇拜的是三种人：老干部、解放军和工人阶级。对我来说，他们的形象至高无上，神圣不可侵犯。在我眼中，他们都是“最可爱的人”，是我终生学习也无法赶上的人。

就这样，我背着沉重的“原罪”的十字架，随时准备深挖自己思想，改造自己的资产阶级思想，真正树立无产阶级思想——除了“毫不利己，专门利人”之外，我到今天也说不出什么是无产阶级思想——脱胎换骨，重新做人。风风雨雨，坎坎坷坷，一会儿山重水复，一会儿柳暗花明，走过了漫长的三十年。

新中国成立初期第一场大型的政治运动，是三反、五反、思想改造运动。我认真严肃地怀着满腔的虔诚参加了进去。我一辈子不贪污公家一分钱，三反、五反与我无缘。但是思想改造，我却认为，我的任务是艰巨的，是迫切的。笼统说来，是资产阶级思想；具体说来，则可以分为几项。首先，在新中国成立前，我从对国民党的观察中，得出了一条结论：政治这玩意儿是肮脏的，是污浊的，最好躲得远一点。其次，我认为，外蒙古是被苏联抢走的；中共是受苏联左右的。思想改造，我首先检查、批判这两个思想。当时，当众检查自己的思想叫作“洗澡”，“洗澡”有小、中、大三盆。我是系主任，必须洗中盆，也就是在系师生大会上公开检查。因为我没有什么民愤，没有升入大盆，也就是没有在全校师生大会上检查。

在中盆里，水也是够热的。大家发言异常激烈，有的出于真心实意，有的也不见得。我生平破天荒第一次经过这个阵势。句句话都像利箭一样，射向我的灵魂。但是，因为我仿佛变成一个基督教徒，怀着满腔虔诚的“原罪”感，好像话越是激烈，我越感到舒服，我舒服得浑身流汗，仿佛洗的是土耳其蒸气浴。大会最后让我通过以后，我感动得真流下了眼泪，感到身轻体健，资产阶级思想仿佛真被廓清。

像我这样虔诚的信徒，还有不少，但是也有想蒙混过关的。有一位洗大盆的教授，小盆、中盆，不知洗过多少遍了，群众就是不让通过，终于升至大盆。他破釜沉舟，想一举过关。检讨得痛快淋漓，把自己骂得狗血喷头，连同自己的资产阶级父母，都被波及，他说了父母不少十分难听的话。群众大受感动。然而无巧不成书，主席瞥见他的检讨稿上用红笔写上了几个大字“哭”。每到这地方，他就嚎啕大哭。主席一宣布，群众大哗。结果如何，就不用说了。

跟着来的是批判电影《武训传》，批《〈红楼梦〉研究》，批判资产阶级学术思想，胡适、俞平伯都榜上有名。后面是揭露和批判胡风“反革命集团”，这是属于敌我矛盾的事件。除胡风本人以外，被牵涉到的人数不少，艺术界和学术界都有。附带进行了一次清查历史反革命的运动，自杀的人时有所闻。北大一位汽车司机告诉我，到了这样的时候，晚上开车，要十分警惕，怕冷不防有人从黑暗中一下子跳出来，甘愿作轮下之鬼。

到了 1957 年，政治运动达到了第一次高潮。从规模上来看，从声势上来看，从涉及面之广来看，从持续时间之长来看，都无愧是空前的。

最初只说是党内整风，号召大家提意见，“知无不言，言无不尽”。当时党的威信至高无上。许多爱护党而头脑简单的人，就真提开了意见，有的话说得并不好听，但是绝大部分人是出于一片赤诚之心，结果被揪住了辫子，划为右派。根据“上头”的意见，右派是敌我矛盾作为人民内部矛盾来处理，而且信誓旦旦说：右派永远不许翻案。

有些被抓住辫子的人恍然大悟：原来不是说不抓辫子、不打棍子、不戴帽子吗？这是不是一场阴谋？答曰：否，这不是阴谋，而是阳谋。到了此时，悔之晚矣。戴上右派帽子的人，虽说是人民内部，但是游离于敌我之间，徙倚于人鬼之隙，滋味是够受的。有的人到了二十年之后才被摘掉“帽子”，然而老夫耄矣。无论如何，这证明了，共产党有改正错误的勇气，是有力量、有信心的表现。

当时究竟划了多少右派，确数我不知道。听说右派是有指标的，这指标下达到每一个基层单位，如果没有完成，必须补划。传说出了不少笑话。这都先不去管它。有一件事情，我脑筋里开了点窍：这一场运动，同以前的运动一样，是针对知识分子的。我怀着根深蒂固的“原罪”感，衷心拥护这一场运动。

到了 1958 年，轰轰烈烈的反击右派运动逐渐接近了尾声。但是，车不能停驶，马不能停蹄，立即展开了新的运动，而且这一次运动在很多方面都超越了以前的运动。这一次是精神和物质一齐抓，既要解放生产力，又要肃清资产阶级思想。后者主要是针对学校里的教授，美其名曰“拔白旗”。“白”就代表落后，代表倒退，代表资产阶级思想，是与代表前进、代表革命、代表无产阶级思想的“红”相对立的。大学里和中国科学院里一些“资产阶级教授”，狠狠地被拔了一下白旗。

前者则表现在大炼钢铁上。至于人民公社，则好像是兼而有之。“共产主义是天堂，人民公社是桥梁”，是当时最响亮的口号，大炼钢铁实际上是一场巨大的灾难。全国人民响应号召，到处搜拣废铁，加以冶炼，这件事本来未可厚非。但是，废铁拣完了。为了完成指标，就把完整的铁器，包括煮饭的锅在内，砸成“废铁”，回炉冶炼。全国各地，炼钢的小炉，灿若群星，日夜不熄，蔚为宇宙伟观。然而炼出来的却是一炉炉的废渣。

人人都想早上天堂，于是人民公社，一夜之间，遍布全国，适逢粮食丰收，大家敞开肚皮吃饭。个人的灶都撤掉了，都集中在公共食堂中吃饭。有的粮食烂在地里，无人收割。把群众运动的威力夸大到无边无际，把人定胜天的威力也夸大到无边无际。麻雀被定为四害之一，全国人民起来打之。把粮食的亩产量也无限夸大，从几百斤、几千斤，到几万斤。各地竞相弄虚作假，大放“卫星”。有人说，如果亩产几万斤，则一亩地里光麦粒或谷粒就得铺得老厚，那是完全不可信的。

那时我已经有四十七八岁，不是小孩子了；我是受过高等教育、留过洋的大学教授，然而我对这一切都深信不疑。“人有多大胆，地有多大产”，我是坚信的。我在心中还暗暗地嘲笑那一些“思想没有解放”的“胆小鬼”，觉得唯我独马，唯我独革。

跟着来的是三年困难时期。真因为“自然灾害”吗？今天看来，未必是的。反正是大家都挨了饿。我在德国挨过五年的饿，“曾经沧海难为水”，我现在一点没有感到难受，半句怪话也没有说过。

从全国形势来看，当时的政策已经“左”到不能再“左”的程度，当务之急当然是反“左”。据说中央也是这样打算的。但是，在庐山会议上，忽然杀出来了一个彭德怀，他上了“万言书”，说了几句真话，这就惹了大祸。于是一场反“左”变为反右。一直到今天，开国元勋中，我最崇拜、最尊敬的无过于彭大将军。他是一个难得的硬汉子，豁出命去，也不阿谀奉承，代表了中华民族的浩然正气。

上面既然号召反右，那么就反吧。知识分子们，经过十几年连续不断的运动，都已锻炼成了“运动健将”，都已成了运动的内行里手。这一次我整你，下一次你整我，大家都已习惯这一套了。于是乱乱哄哄，时松时紧，时强时弱，一直反到社教运动。

据我看，社教运动实际上是“无产阶级文化大革命”的前奏曲。我现在就把这两场运动摆在一起来讲。

社会主义教育运动，北大是试点，先走了一步，运动开始后不久学校里就泾渭分明地分了派：被整的与整人的。我也懵懵懂懂地参加了整人的行列。可是有一件事情我不明白，也想不通，新中国成立后第一次萌动了一点“反动思想”：学校的领导都是上面派来的老党员、老干部，我们资产阶级知识分子并起不了多大作用，为什么上头的意思说我们“统治”了学校呢？我百思不得其解。

后来北京市委进行了干预，召开了国际饭店会议，为被批的校领导平反，这里就伏下了“文化大革命”的起因。

1965 年秋天，我参加完国际饭店会议，被派到京郊南口村去搞农村社教运动。在这里我们真成了领导了，党政财文大权统统掌握在我们手里。但是要求也是非常严格的：不许自己开火做饭，在全村轮流吃派饭，鱼肉蛋不许吃。自己的身份和工资不许暴露，当时农民每日工分不过三四角钱，我的工资是四五百，这样放了出去，怕农民吃惊。时隔三十年，到了今天，再到农村去，我们工资的数目是不肯说，怕说出去让农民笑话。抚今追昔，真不禁感慨系之矣！

这一年的冬天，姚文元的文章《评新编历史剧〈海瑞罢官〉》发表，敲响了“文化大革命”的钟声。所谓“三家村”的三位主人，我全认识，我在南口村无意中说了出来。这立即被我的一位“高足”牢记在心。后来在“文化大革命”中，这位“高足”原形毕露。为了出人头地，颇多惊人之举，比如说贴口号式的大字报，也要署上自己的名字，引起了轰动。他对我也落井下石，把我“打”成了“三家村的小伙计”。

我于 1966 年 6 月 4 日奉召回校，参加“文化大革命”。最初的一个阶段，是批所谓“资产阶级学术权威”。这次运动又是针对知识分子的，是再明显不过的了，我自然在被批之列。我虽不敢以“学术权威”自命，但是，说自己是资产阶级，我则心悦诚服，毫无怨言。尽管运动来势迅猛，我没有费多大力量就通过了。

后来，北大成立了“革命委员会”，头子就是那位所谓写第一张“马列主义大字报”的“老佛爷”。此人是有后台的，广通声气，据说还能通天，与江青关系密切。她不学无术，每次讲话，必出错误；但是却骄横跋扈，炙手可热。此时她成了全国名人，每天到北大来“取经”朝拜的上万人，上十万人。弄得好端端一个燕园乱七八糟，乌烟瘴气。

随着运动的发展，北大逐渐分了派。“老佛爷”这一派叫“新北大公社”，是抓掌大权的“当权派”。它的对立面叫“井冈山”，是被压迫的。两派在行动上很难说有多少区别，都搞打、砸、抢，都不懂什么叫法律。上面号召：“革命无罪，造反有理。”这就是至高无上的法律。我越过第一阵强烈的风暴，问题算是定了。我逍遥了一阵子，日子过得满惬意。如果我这样逍遥下去的话，太大的风险不会再有了。我现在无异是过了昭关的伍子胥。我是一个胆小怕事的人，这是常态；但是有时候我胆子又特别大。在我一生中，这样的情况也出现过几次，这是变态。及今思之，我这个人如果有什么价值的话，价值就表现在变态上。

这种变态在“文化大革命”中又出现过一次。

在“老佛爷”仗着后台硬为所欲为、无法无天的时候，校园里残暴野蛮的事情越来越多。抄家，批斗，打人，骂人，脖子上挂大木牌子，头上戴高帽子，任意污辱人，放胆造谣言，以至发展到用长矛杀人，不用说人性，连兽性都没有了。我认为这不符合群众路线，不符合什么人的“革命路线”。放着安稳的日子不过，我又发了牛脾气，自己跳了出来，其中危险我是知道的。我在日记里写过：“为了保卫什么人的革命路线，虽粉身碎骨，在所不辞。”这完全是真诚的，半点虚伪也没有。

同时，我还有点自信：我头上没有辫子，屁股上没有尾巴。我没有参加过国民党或任何反动组织，没有干反人民的事情。我怀着冒险、侥幸又还有点自信的心情，挺身出来反对那一位“老佛爷”。我完完全全是“自己跳出来”的。

没想到，也可以说是已经想到，这一跳就跳进了“牛棚”。我在群众中有一定的影响，我起来在太岁头上动土，“老佛爷”恨我入骨，必欲置之死地而后快。我被抄家，被批斗，被打得头破血流、鼻青脸肿。我并不是那种豁达大度什么都不在乎的人，我一时被斗得晕头转向，下定决心，自己结束自己的性命。决心既下，我心情反而显得异常平静，简直平静得有点可怕。我把历年积攒的安眠药片和药水都装到口袋里，最后看了与我共患难的婶母和老伴一眼，刚准备出门跳墙逃走，大门上响起了雷鸣般的撞门声：“新北大公社”的红卫兵来押解我到大饭厅去批斗了。这真正是千钧一发呀！这一场批斗进行得十分激烈，十分野蛮，我被打得躺在地上站不起来。然而我一下得到了“顿悟”：一个人忍受挨打折磨的能力，是没有极限的。我能够忍受下去的！我不死了！我要活下去！

我的确活下来了。然而，在刚离开“牛棚”的时候，我已经虽生犹死，我成了一个半白痴，到商店去买东西，不知道怎样说话。让我抬起头来走路，我觉得不习惯。耳边不再响起“妈的！”“混蛋！”“王八蛋！”一类的词儿，我觉得奇怪。见了人，我是口欲张而嗫嚅，足欲行而趑趄。我几乎成了一具行尸走肉，我已经“异化”为“非人”。

我的确活下来了，然而一个念头老在咬我的心。我一向信奉的“士可杀，不可辱”的教条，怎么到了现在竟被我完全地抛到脑后了呢？我有勇气仗义执言、打抱不平，为什么竟没有勇气用自己的性命来抗议这种暴行呢？我有时甚至觉得，隐忍苟活是可耻的。然而，怪还不怪在我的后悔，而在于我在很长的时间内并没有把这件事同整个的“文化大革命”联系在一起。一直到1976年“四人帮”被打倒，我一直拥护七八年一次、一次七八年的“革命”。可见我的政治嗅觉是多么迟钝。

我做了四十多年的梦。我怀拥“原罪感”四十多年。上面提到的我那三个崇拜对象，我一直崇拜了四十多年。所有这一些对我来说是十分神圣的东西，都被“文化大革命”打得粉碎，而今安在哉！我不否认，我这几个崇拜对象大部分还是好的，我不应从一个极端走向另一个极端。至于我衷心拥护了十年的“文化大革命”，则另是一码事。这是中国历史上空前的最野蛮、最残暴、最愚昧、最荒谬的一场悲剧，它给伟大的中华民族脸上抹了黑。我们永远不应忘记！

“四人帮”垮台，“无产阶级文化大革命”结束以后，中央拨乱反正，实行了改革开放的政策，受到了全国人民的拥护。时间并不太长，取得的成绩有目共睹。在全国人民眼前，全国知识分子眼前，天日重明，又有了希望。

我在上面讲述了新中国成立后四十多年来的遭遇和感受。在这一段时间内，我的心镜里照出来的是运动，运动，运动；照出来的是我个人和众多知识分子的遭遇；照出来的是我个人由懵懂到清醒的过程；照出来的是全国人民从政治和经济危机的深渊岸边回头走向富庶的转机。

我在20世纪生活了八十多年了。再过七年，这一世纪，这一千纪就要结束了。这是一个非常复杂、变化多端的世纪。我心里这一面镜子照见的东西当然也是富于变化的，五花八门的，但又多姿多彩的。它既照见了阳关大道，也照见了独木小桥；它既照见了山重水复，也照见了柳暗花明。我不敢保证我这一面心镜绝对通明锃亮，但是我却相信，它是可靠的，其中反映的倒影是符合实际的。

我揣着这一面镜子，一揣揣了八十多年。我现在怎样来评价镜子里照出来的 20 世纪呢？我现在怎样来评价镜子里照出来的我的一生呢？呜呼，慨难言矣！慨难言矣！“却道天凉好个秋”，我效法这一句词，说上一句：天凉好个冬！

只有一点我是有信心的：21 世纪将是中国文化（东方文化的核心）复兴的世纪。现在世界上出现了许多影响人类生存前途的弊端，比如人口爆炸，大自然被污染，生态平衡被破坏，臭氧层被破坏，粮食生产有限，淡水资源匮乏，等等，这只有中国文化能克服，这就是我的最后信念。

1993 年 2 月 17 日

原载《东方》1994 年第 4、5 期

第三辑

忆友

忆章用

我一直到现在还不能相信，他竟撒手离开现在的这个世界去了。我自己的生命虽然截止到现在还说不上怎样太长；但在这不太长的过去的生命中，他的出现却更短，短到令人怀疑是不是曾经有过这样一回事。倘若要用一个譬喻的话，我只能把他比作一颗夏夜的流星，在我的生命的天空中，蓦地拖了一条火线出现了，蓦地又消逝到暗冥里去。但在这条火线留下的影子却一直挂在我的记忆的丝缕上，到现在，已经是隔了几年了，忽然又闪耀了起来。

人的记忆也是怪东西，在每一天，不，简直是每一刹那，自己所遇到的大大小小的事情中，在风起云涌的思潮中，有后来想起来认为是极重大的事情，但在当时看过想过后不久就忘却了，费很大的力量才能再回忆起来。但有的事情，譬如说一个人笑的时候脸部构成的图形，一条柳枝摇曳的影子，一片花瓣的飘落，在当时，在后来，都不认为有什么不得了；但往往经过很久很久的时间，却随时能明晰地浮现在眼前，因而引起一长串的回忆。到现在很生动地浮现在我眼前，压迫着我想到俊之（章用）的，就是他在谈话中间静默时神秘地向眼前空虚处注视的神态。

但说来已经是六年前的事情了。六年前的深秋，我从柏林来到哥廷根。第二天起来，在街上走着的时候，觉得这小城的街特别长，太阳也特别亮，一切都浸在一片白光里。过了几天，就在这样的白光里，我随了一位中国同学走过长长的街去访俊之。他同他母亲赁居一座小楼房的上层，四周全是花园。这时已经是落叶满地，树头虽然还挂了几片残叶，但在秋风中却只显得孤伶了。那一次究竟说了些什么话，现在已经记不清了。似乎他母亲说话最多，俊之并没有说多少。在谈话中间静默的一刹那，我只注意到，他的目光从眼镜边上流出来，神秘地注视着眼前的空虚处。

就这样，我们第一次见面他给我的印象是颇平常的，但不知为什么，以后竟常常往来起来。他母亲人非常慈和，很能谈话。每次会面，都差不多只有她一个人独白，每次都感觉不到时间的逝去，等到觉得屋里渐渐暗起来，却已经晚了，结果每次都是仓仓促促辞了出来，摸索着走下黑暗的楼梯，赶回家来吃晚饭。为了照顾儿子，她在这离开故乡几万里的寂寞的小城里陪儿子一住就是七八年，只是这一件，就足以打动了天下失掉了母亲的孩子们的心，让他们在无人处流泪，何况我又是这样多愁善感？又何况还是在这异邦的深秋呢？我因而常常想到在故乡里萋萋的秋草下长眠的母亲，到俊之家里去的次数也就多起来。

哥廷根的秋天是美的，美到神秘的境地，令人说不出，也根本想不到去说。有谁见过未来派的画没有？这小城东面的一片山林在秋天就是一幅未来派的画。你抬眼就看到一片耀眼的绚烂。只说黄色，就数不清有多少等级，从淡黄一直到接近棕色的深黄，参差地抹在这一片秋林的梢上，里面杂了冬青树的浓绿，这里那里还点缀上一星星的鲜红，给这惨淡的秋色涂上一片凄艳。就在这林子里，俊之常陪我去散步。我们不知道曾留下多少游踪。林子里这样静，我们甚至能听到叶子辞树的声音。倘若我们站下来，叶子也就会飘落到我们身上。等到我们理会到的时候，我们的头上肩上已经满是落叶了。间或前面树丛里影子似的一闪，是一匹被我们惊走的小鹿，接着我们就会听到窸窣的干叶声，渐远，渐远，终于消逝到无边的寂静里去。谁又会想到，我们竟在这异域的小城里亲身体会到“叶干闻鹿行”的境界？但这情景都是后来回忆时才觉到的，在当时，我们却没有，或者可以说很少注意到：我们正在热烈地谈着什么。他虽然念的是数学，但因为家学渊源，对中国旧文学很有根底，作旧诗更是经过名师的指导，对哲学似乎比对数学的兴趣还要大。我自己虽然一无所成，但因为平常喜欢浏览，所以很看了些旧诗词，而且自己对许多文学上的派别和几个诗人还有一套看法。平时难得解人，所以一直闷在心里，现在居然有人肯听，于是我就一下子倾出来。看了他点头赞成的神气，我的意趣更不由地飞动起来，我忘记了时间，忘记了世界，连自己也忘记了。往往是看到桦树的白皮上已经涂上了淡红的夕阳，才知道是应该下山的时候。走到城边，就看到西面山上一团紫气，不久天上就亮起星星来了。

等到林子里最后的几片黄叶也落净了的时候，不久就下了第一次的雪。哥城的冬天是寂寞的。天永远阴沉，难得看到几缕阳光。在外面既然没有什么可看，人们又觉得炉火可爱起来。有时候在雪意很浓的傍晚，他到我家里来闲谈。他总是靠近炉子坐在沙发上，头靠在后面的墙上。我们总有说不完的话，大半谈的仍然是哲学宗教上的问题；但转来转去，总转到中国旧诗上。他说话没有我多。当我滔滔不绝地说着的时候，他只是静静地听，脸上又浮起那一片神秘的微笑，眼光注视着眼前的空虚处。同我一样，他也会忘记了时间，现在轮到他摸索着走下黑暗的楼梯赶回家去吃晚饭了。

后来这情形渐渐多起来。等到我们再聚到一起的时候，章伯母就笑着告诉我，自从我到了哥廷根，他儿子仿佛变了一个人，以前同他母亲也不大多说话，现在居然有时候也显得有点活泼了。他在哥城八年，除了间或到范禹（龙丕炎）家去以外，很少到另外一位中国同学家里去，当然更谈不到因谈话而忘记了吃晚饭。多少年来，他就是一个人到大学去，到图书馆去，到山上去散步，不大同别人在一起。这情形我都能想象得到，因为无论谁只要同俊之见上一面，就会知道，他是孤高一流的人物。这样一个人怎么能够同其他油头粉面满嘴里离不开跳舞电影的留学生们合得来呢？

但他的孤高并不是矫揉造作的，他也并没有意思去装假名士。章伯母告诉我，他在家里，也总是一个人在思索着什么，有时坐在那里，眼睛愣愣的，半天不动。他根本不谈家常，只有谈到学问，他才有兴趣。但老人家的兴趣却同他的正相反，所以平常时候母子相对也只有沉默着一句话也不说了。他对吃饭也没有多大兴趣，坐在饭桌旁边，嘴里嚼着什么，眼睛并不看眼前的碗同菜，脑筋里似乎正在思索着只有他自己知道的问题。有时候，手里拿着一块面包，站起来，在屋里不停地走，他又沉到他自己独有的幻想的世界里去。倘若叫他吃，他就吃下去；倘若不叫他，他也就算了。有时候她同他开个玩笑，问他刚才吃的是什么东西，他想上半天，仍然说不上来。这是他自己说起来都会笑的。过了不久，我就有机会证实了章伯母的话。这所谓“不久”，我虽然不能确切地指出时间来，但总在新年过后的一二月里，小钟似的白花刚从薄薄的雪堆里挣扎出来，林子里怕已经抹上淡淡的一片绿意了。章伯母因为有事情到英国去了，只留他一个人在家里。我因为学系不能决定，有时候感到异常的烦闷，所以就常在傍晚的时候到他家里去闲谈。我差不多每次都看到桌子上一块干面包，孤伶地伴着一瓶凉水。问他吃过晚饭没有，他说吃过了。再问他吃的什么，他的眼光就流到那一块干面包和那一瓶凉水上去，什么也不说。他当然不缺少钱买点香肠牛奶什么的，而且煤气炉子也就在厨房里，只要用手一转，就可以得到一壶热咖啡，但这些他都没做，也许是忘记了，也许根本没有兴致想到这些琐碎的事情，他脑筋里正盘旋着什么问题。在这时候，最简单的办法当然就是向面包盒里找出他母亲吃剩下的面包，拧开凉水管子灌满一瓶，草草吃下去了事。既然吃饭这事情非解决不行，他也就来解决；至于怎样解决，那又有什么重要呢？反正只要解决过，他就能再继续他的工作，他这样就很满意了。

我将怎样称呼他这样一个人呢？在一般人眼中，他毫无疑问的是一个怪人，而且他和一般人，或者也可以说，一般人和他合不来的原因恐怕也就在这里面。但我从小就有一个偏见，我最不能忍受四平八稳处事接物面面周到的人物。我觉得，人不应该像牛羊一样，看上去都差不多，人应该有个性。然而人类的大多数都是看上去都差不多的角色。他们只能平稳地活着，又平稳地死去，对人类对世界丝毫没有影响。真正大学问大事业是另外几个同一般人不一样，甚至被他们看作怪人和呆子的人做出来的。我自己虽然这样想，甚至也试着这样做过，也竟有人认为我有点怪；但我自问，有的时候自己还太妥协平稳，同别人一样的地方还太多。因而我对俊之，除了羡慕他的渊博的学识以外，对他的为人也有说不出来的景仰了。

在羡慕同景仰两种心情下，我当然高兴常同他接近。在他那方面，他也似乎很高兴见到我。到现在还不能忘记，每次我找他到小山上去散步，他都立刻答应，而且在非常仓皇的情形下穿鞋穿衣服，仿佛一穿慢了，我就会逃掉似的。我们到一起，仍然有说不完的话，我们谈哲学，谈宗教，仍然同以前一样，转来转去，总转到中国旧诗上去。他把他的诗集拿给我看，里面的诗并不多，只是薄薄的一本。我因为只仓促翻了一遍，现在已经记不清，里面究竟有些什么诗。我用尽了力想，只能想起两句来："频梦春池添秀句，每闻夜雨忆联床。"他还告诉我，到哥城八年，先是拼命念德文，后来入了大学，又治数学同哲学，总没有余裕和兴致来写诗；但自从我来以后，他的诗兴仿佛又开始汹涌起来，这是连他自己都没想到的——

果然，过了不久，又在一个傍晚，他到我家里来。一进门，手就向衣袋里摸，摸出来的是一个黄色的信封，里面装了一张硬纸片，上面工整地写着一首诗：

空谷足音一识君
相期诗伯苦相薰
体裁新旧同尝试
胎息中西沐见闻
胸宿赋才徕物与
气嘘史笔发清芬

千金敝帚孰轻重
后世凭猜定小文

我看了脸上直发热。对旧诗，我虽然喜欢胡谈乱道；但说到做，我却从来没尝试过，可以说是一个十足的门外汉，我哪里敢做梦做什么“诗伯”呢？但他的这番意思我却只有心领了。

这时候，我自己的心情并不太好，他也正有他的忧愁。七八年来，他一直过着极优裕的生活。近一两年来，国内的地租忽然发生了问题，于是经济来源就有了困难。对于他这其实都算不了什么，因为我知道，只要他一开口，立刻就会有人自动地送钱给他用，而且，据他母亲告诉我，也真的已经有人寄了钱来，譬如一位德国朋友，以前常到他家里去吃中国饭，现在在另外一个大学里当讲师，就寄了许多钱来，还愿意以后每月寄。然而俊之都拒绝了。我也同他谈过这事情，我觉得目前用朋友几个钱完成学业实在是无伤大雅的；但他却一概不听，也不说什么理由，我自己根本没有多少钱，领到的钱也不过刚够每月的食宿，一点也不能帮他的忙。最初听到他说，他不久就要回国去筹款，心中有说不出的难过。后来他这计划终于成为事实了。每次到他那里去，总看到他忙忙碌碌地整理书籍。我不愿意看这一堆堆横七竖八躺在地上的书籍。我觉得有什么地方对他不起，心里凭空惭愧起来。

在不知不觉时，时间已经由暮春转入了初夏。哥廷根城又埋到一团翠绿里去。俊之起程的日子也决定了。在前一天的晚上，我们替他饯行，一直到深夜才走出市政府的地下餐厅。我同他并肩走在最前面。他平常就不大喜欢说话，今天更不说了，我们只是沉默着走上去，听自己的步履声在深夜的小巷里回响，终于在沉默里分了手。我不知道他怎么样，我是一夜在床上翻来覆去地睡不着。第二天天一亮我就到他家去了。他已经起来了。我本来预备在我们离别前痛痛快快谈一谈，我仿佛有许多话要说似的；但他却坚决要到大学里去上一堂课。他母亲挽留也没有用。他嘴里只是说，他要去上“最后一课”，“最后”两个字说得特别响，脸上浮着一片惨笑。我不敢接触他的目光，但我却能了解他的“客树回看成故乡”的心情。谁又知道，这一堂课就真的成了他的“最后一课”呢？

就这样，俊之终于离开他的第二故乡哥廷根，离开了我，从那以后，我就再没有看到他。路上每到一个停船的地方，他总有信给我。他知道我正在念梵文，还剪了许多报上的材料寄给我。此外还寄给我了许多诗。回国以后，先在山东大学教数学。在这期间，他曾写过一封很长的信给我，报告他的近况，依然是牢骚满腹。后来又转到浙江大学去。情形如何，我不大清楚。不久战争也就波及浙江，他随了大学辗转迁到江西。从那里，我接到他一封信，附了一卷诗稿，把他回国以后作的诗都寄给我了。他仿佛预感到自己已经不久于人世，赶快把诗抄好，寄给一个朋友保存下去，这个朋友他就选中了我。我一直到现在还不相信，这是偶然的，他似乎故意把这担子放在我的肩上。

从那以后，我从他那里再没听到什么。不久范禹来了信，报告他的死。他从江西飞到香港去养病，就死在那里。我真没法相信这是真的，难道范禹听错了消息了么？但最后我却终于不能不承认，俊之是真的死了，在我生命的夜空里，他像一颗夏夜的流星似的消逝了，永远地消逝了。

我们相处一共不到一年。一直到离别还互相称作“先生”。在他没死之前，我不过觉得同他颇能谈得来，每次到一起都能得到点安慰，如此而已。然而他的死却给了我一个回忆沉思的机会，我蓦地发现，我已于无意之间损失了一个知己，一个真正的朋友。在这茫茫人世间究竟还有几个人能了解我呢？俊之无疑是真正能够了解我的一个朋友。我无论发表什么意见，哪怕是极浅薄的呢，从他那里我都能得到共鸣的同情。但现在他竟离开这人世去了。我陡然觉得人世空虚起来。我站在人群里，只觉得自己的渺小和孤独，我仿佛失掉了倚靠似的，徘徊在寂寞的大空虚里。

哥廷根仍然同以前一样的美，街仍然是那样长，阳光仍然是那样亮。我每天按时走过这长长的街到研究所去，晚上再回来。以前我还希望，俊之回来的时候，我们还可以逍遥在长街上高谈阔论；但现在这希望永远只是希望了。我一个人拖了一条影子走来走去：走过一个咖啡馆，我回忆到我曾同他在这里喝过咖啡消磨了许多寂寞的时光；再向前走几步是一个饭馆，我又回忆到，我曾同他每天在这里吃午饭，吃完再一同慢慢地走回家去；再走几步是一个书店，我回忆到，我有时候呆子似的在这里站上半天看玻璃窗子里面的书，肩头上蓦地落上了一只温暖的手，一回头是俊之，他也正来看书窗子；再向前走几步是一个女子高中，我又回忆到，他曾领我来这里听诗人念诗，听完在深夜里走回家，看雨珠在树枝上珠子似的闪光——就这样，每一个地方都能引起我的回忆，甚至看到一块石头，也会想到，我同俊之一同在上面踏过；看了一枝小花，也会回忆到，我同他一同看过。然而他现在却撒手离开这个世界走了，把寂寞留给我。回忆对我成了一个异常沉重的负担。

今年秋天，我更寂寞得难忍。我一个人在屋里无论如何也坐不下去，四面的墙仿佛都起来给我以压迫。每天吃过晚饭，我就一个人逃出去到山下大草地上去散步。每次都走过他同他母亲住过的旧居：小楼依然是六年前的小楼，花园也仍然是六年前的花园，连落满地上的黄叶，甚至连树头残留着的几片孤零的叶子，都同六年前一样；但我的心情却同六年前的这时候大大的不相同了。小窗子依然开对着这一片黄叶林。我以前在这里走过不知多少遍，似乎从来没有注意过这样一个小窗子；但现在这小窗子却唤回我的许多记忆，它的存在我于是也就注意到了。在这小窗子里面，我曾同俊之同坐过消磨了许多寂寞的时光，我们从这里一同看过涂满了凄艳的彩色的秋林，也曾看过压满了白雪的琼林，又看过绚烂的苹果花，蜜蜂围了嗡嗡地飞；在他离开哥廷根的前几天，我们都在他家里吃饭，忽然扫过一阵暴风雨，远处的山、山上的树林，树林上面露出的俾斯麦塔都隐入滃蒙的云气里去：这一切仿佛是一幅画，这小窗子就是这幅画的镜框。我们当时都为自然的伟大所压迫，半天说不出一句话来，只是沉默着透过这小窗注视着远处的山林。当时的情况还历历如在眼前；然而曾几何时，现在却只剩下我一个人在满了落叶的深秋的长街上，在一个离故乡几万里的异邦的小城里，呆呆地从下面注视这小窗子了，而这小窗子也正像蓬莱仙山可望而不可即了。

逝去的时光不能再捉回来，这我知道；人死了不能复活，这我也知道。我到现在这个世界上来活了三十年，我曾经看到过无数的死：父亲、母亲和婶母都悄悄地死去了。尤其是母亲的死在我心里留下无论如何也补不起来的创痕。到现在已经十年了，差不多隔几天我就会梦到母亲，每次都是哭着醒来。我甚至不敢再看讲母亲的爱的小说、剧本和电影。有一次偶然看一部电影片，我一直从剧场里哭到家。但俊之的死却同别人的死都不一样：生死之悲当然有，但另外还有知己之感。这感觉我无论如何也排除不掉。我一直到现在还要问：世界上可以死的人太多太多了，为什么单单死俊之一个人？倘若我不同他认识也就完了，但命运却偏偏把我同他在离祖国几万里的一个小城里拉在一起，他却又偏偏死去。在我的饱经忧患的生命里再加上这幕悲剧，难道命运觉得对我还不够残酷吗？

但我并不悲观，我还要活下去。有的人说："死人活在活人的记忆里。"俊之就活在我的记忆里。只是为了这，我也要活下去。当然这回忆对我是一个无比的重担，但我却甘心肩起这一份重担，而且还希望能肩下去，愈久愈好。

五年前开始写这篇东西，那时我还在德国。中间屡屡因了别的研究工作停笔，终于剩了一个尾巴，没能写完。现在在挥汗之余勉强写起来，离开那座小城已经几万里了。

1946 年 7 月 23 日写于南京

我的朋友臧克家

我只是克家同志的最老的老朋友之一，我们的友谊已经有六十多年了。我们中国评论一个人总是说道德文章，把道德摆在前边，这是我们中华民族优秀文化的表现之一，跟西方不一样。那么我就根据这个标准，把过去六十多年中间克家给我的印象讲一讲。

第一个讲道德。克家曾在一首诗里说过，一个叫责任感，一个叫是非感，我觉得道德应该从这地方来谈谈。是非、责任，不是小是小非，而是大是大非。什么叫大是大非呢？大是大非就是关系到我们祖国，关系到我们人民，关系到世界，也就是要拥护社会主义、拥护共产主义，这是大是大非。我觉得责任也在这个地方，克家在过去七十多年中间，尽管我们国内的局势变化万千，可是克家始终没有落伍，能够跟得上我们时代的步伐，我觉得这是非常难得的。这就是大是大非，就是重大的责任。我觉得从这地方来看，克家是一个真正的人。至于个人，他给我的印象是一个像火一样热情的诗人，对朋友忠诚可靠，终生不渝，这也是非常难得的。关于道德，我就讲这么几句。

关于文章呢，这就讲外行话了。当年我在清华大学念书，就读到克家的《烙印》《罪恶的黑手》。我不是搞中国文学的，但我有个感觉就是克家作诗受了闻一多先生的影响。我一直到今天，作为一个诗的外行来讲，我觉得作诗、写诗，既然叫诗，就应该有形式。那种没形式的诗，愧我不才，不敢苟同。克家一直重视诗，我觉得这里边有我们中国文化的传统。我们中国的语言有一个特点，就是讲炼字、炼句，这个问题，在欧洲也不能说没有，不过不能像中国这么普遍这样深刻。过去文学史上传来许多佳话，像“云破月来花弄影”那个“弄”字，“红杏枝头春意闹”那个“闹”字，“春风又绿江南岸”那个“绿”字。可惜的是炼字这种功夫现在好像一些年轻人不大注意了。文字是我们写作的工具。我们写诗、写文章必须知道我们使用的工具的特点。莎士比亚用英文写作，英文就是他的工具。歌德用德文写作，德文就是他的工具。我们使用汉字，汉字就是我们的工具。可现在有些作家，特别是诗人，忘记了他的工具是汉字。是汉字，就有炼字、炼句的问题，这一点不能不注意。克家呢，我觉得他一生在这方面倾注了很多的心血，而且获得了很大的成功。克家的诗我都看过，可是我不敢赞一词，我只想从艺术性来讲。我觉得克家对这方面非常重视。这个问题非常重要。我因此就想到一个问题，可这个问题太大了，但我还想讲一讲。我觉得我们过去多少年来研究中国文学史，特别是古典文学，好像我们对政治性重视，这个应该。可是对艺术性呢，我觉得重视得很不够。大家打开今天的文学史看看，讲政治性，讲得好像最初也不是那么深刻，一看见“人民”这样的词，类似“人民”这样的词，就如获至宝；对艺术性，则三言两语带过，我觉得这是很不妥当的。一篇作品，不管是诗歌还是小说，艺术性跟思想性总是辩证统一的，强调一方面，丢掉另外一方面是不全面的。因此我想到，是不是我们今天研究文学的，特别是研究古典文学的，应该在艺术性方面更重视一点。我甚至想建议：重写我们的文学史。现在流行的许多文学史都存在着我说的这个毛病。我觉得，真正的文学史不应该是这个样子。

我祝我的老朋友克家九十、一百、一百多、一百二十，他的目的是一百二十，所以我想祝他长寿！健康！

1994 年 10 月 18 日

春城忆广田

昆明素有春城之称。这个称号真正是名副其实的。哪一个从外地来到这里的人，一下飞机，一下火车，不立刻就感到这里是春意盎然，春光无限呢？我们读旧小说，常常遇到“四时不谢之花，八节长春之草”之类的句子。我从前总以为，这是小说家言，不足信的；这只是用来描绘他们心目中的阆苑仙境的。然而，到了昆明以后，才知道，这并非幻想，而是事实。如果人世间真有阆苑仙境的话，那么昆明就是一个。

我对昆明并不陌生，我来到这里已经有五六次之多了。二十多年前，当我第一次到昆明的时候，我立刻就惊诧于这座城市风光之美丽，民风之淳朴。但是，我当时觉得，这里的街道还是比较狭窄的，铺的全是石头；街旁的建筑物也比较古老，都是用木头建成的。我脑海里立刻浮现出“边城”两个字，虽然我对于什么叫“边城”也并不是十分清楚的。

但是，这里的自然风光之美毕竟是非常可爱的。谈到这里的自然风光，那真可以说是有口皆碑。五百里滇池当然是名闻天下的。即如西山的巍峨，龙门的险峻，圆通山的花潮，曹溪寺的元梅，黑龙潭的清幽，华亭寺的堂皇，筇竹寺的五百罗汉和孔雀杉，金殿的铜瓦铜柱的大殿，大观楼的长联，省图书馆的收藏，所有这一切都给人留下深刻的印象，屡见于古往今来文人骚客的文章中，蔚为天下奇观。再谈到昆明以及云南各处的茶花，那真可以说是天下无二。我们平常见到的花，雄奇的很多，秀丽的也不少。但兼有二者之长的，却绝无仅有。“国色朝酣酒，天香夜染衣”，秀丽固秀丽矣，但雄奇则有所不足。高树顶上的槐花，雄奇固雄奇矣，秀丽则大为欠缺。兼有二者的，在印度我见到的有木棉花，在中国则是茶花。试想在高大的树上开着碗口大的五颜六色的花朵，秀色夺人眼目，姿态快人胸怀，绚丽多彩，宛如天空中一朵朵云霞，我们这些生长在北国的只见过雄奇而不秀丽，或只秀丽而不雄奇的花朵的人，看到这一些，难道能不为之惊叹不置吗？

倘若我们再登上龙门远眺，我们那惊叹不置的程度绝不会下于看到茶花。这里真称得上是天下奇景。试闭目想一想，在壁立千仞的悬岩峭壁上，硬是用人力一斧一凿，凿出了一条曲径、几座庙宇、许许多多的对联、无数尊的神像，难道不感到简直有点不可思议吗？这些对联绝不是空话俗套，而是描写了眼前的景色，抒发了人们登临的感受。“一径起细雨，千林散绿荫”，情景宛在眼前。“仰笑宛离天尺五，凭临恰在水中央”，把山高水长的景色描绘得具体生动。这只能用到龙门，绝不能移用到别处。所谓“水中央”当然是指的滇池。我们站在龙门最高处，俯瞰滇池，下临无地，五百里滇池尽收眼底。风帆点点，烟水茫茫，稻田青青，堤岸长长。古人诗云：“气蒸云梦泽，波撼岳阳城。”我们站在这里，大有“波撼昆明城”之感。甚至在水天渺茫中，我们仿佛还感到我们所在的龙门，都在随着水波的滚翻而轻轻地震摇。这就不仅是“波撼昆明城”，而是“波撼龙门巅”了。这还只是眼前的景色。这里还有许多优美的神话传说。比如对孝牛泉的传说等等。最优美的还是关于龙门最高处那一个奎星像的传说。这一座奎星像也是同其他庙宇神像一样是完全用石头雕成的。据说一个石匠用了毕生精力，雕凿这一座神像。雕到最后，只剩下奎星手中拿着的那一支笔了。也许是因为耗尽了精力，竟然失手把笔凿断。他一时怒恨交加，纵身投下悬崖，以身殉艺。不管这传说是真是假，不是对我们都很有启发吗？

这样的自然风光固然非常迷人。这里的淳朴民风迷人的程度绝不下于自然风光。外地到过昆明的人都会异口同声表示同感。我常常跟朋友开玩笑说，我不但迷信相面，而且还迷信相声（不是那个曲艺的相声）。我相信，从一个人的方言的声调中可以听出他的性格来。昆明的方言的声调透露出什么样的性格来呢？透露的是：淳朴、正直、热情、忠厚。当我第一次到昆明来的时候，从本地人说话的声调中，我就得了这样一个印象。以后我多次到过昆明，同本地人接触越来越多，就充分证实了我的印象。许多大大小小的事情，越来越证明我的看法颇有一些道理。前几天我在宾馆里同一位老同志开玩笑，说到我的迷信。他经过仔细地品味和考虑，竟然同意了我的看法。这就使我颇有点沾沾自喜了。真的，到过昆明的人，同本地人一接触，谁会不为他们那种诚悫淳朴的言谈举动所感动呢？谁会不感到来到这座春城就像处在盎然的春意中而怡然自得呢？在这样的情况下，我也就越来越喜欢昆明，越来越爱昆明人了。

昆明风光之美丽，民风之淳朴，确实都是值得赞美的，值得怀念的。但是昆明，也像全国各地一样，曾经经受过一番剧烈的凄风苦雨。在风雨交加中，我是泥菩萨过江，自身难保。有时候，特别是在失掉自由的时候，也胡思乱想，想到自己平生美好的际遇，想到所见所闻给我印象最深的人物和地方，其中当然也有昆明。一想到昆明的风光和民风，脑海里立刻就横七竖八地插上了一些茶花的影子、龙门的影子，耳边也仿佛响起了昆明人说话淳朴的声音。但是紧接着想到的就是：这些都是过去的事情了，与自己无缘了。自己今生大概再也不会重新见到昆明了。我是多么想念昆明啊！

但是，出我意料之外的快，凄风苦雨终于过去了，我没有敢期望再见到的东西又见到了。对我来讲，简直像是一个奇迹：我现在又来到了昆明。我的那种边城之感，在前几次来的时候已经消逝无踪。现在看到的昆明是一座充满了阳光、花朵、诗情、画意的春城，同全国各地一样，昆明在经过了一番磨炼之后，现在不是磨倒，而是磨炼得更美丽、更明朗、更生动、更清新。我感到在这里太阳特别明亮，天空特别蔚蓝，空气特别新鲜，微风特别宜人，树木特别浓绿，花朵特别红艳。到了春城，我自然而然地想到唐代诗人韩翃的一首著名的诗《寒食》：

春城无处不飞花，
寒食东风御柳斜。
日暮汉宫传蜡烛，
轻烟散入五侯家。

又是出我的意料，我在到昆明的当天下午带一位年轻的同志游翠湖的时候，竟在那里举办的一个花展和画展上看到有人用酣畅的书法书写的这一首诗。可见昆明人也是把这座春城同这一首名诗联系在一起的。我心里窃窃自喜。从此我又想到，昆明是一座有文化的城，这里的人是有高度文化的人。你只要看一看那些花盆上雕刻的字和画，甚至蒸鸡用的汽锅上的画和字，就能够知道，这里文化水平是多么高了。

我来到这里，当然不仅仅是欣赏花盆上和汽锅上的诗与画。我又到处去走了走。昆明的名胜古迹很多，我前几次来时，都已游遍，而且游了不止一次。但是这些地方都是百看不厌的，我这次当然不会放过重游的机会。我又游了龙门、华亭寺、太华寺、筇竹寺、曹溪寺、圆通寺、珍珠泉、温泉等地，在所谓“天下第一汤”的泉水洗了澡，而且还长途跋涉重游了石林，到处风光如旧而胜于旧。我到处重温旧梦，颇多感慨。在风雨飘摇中，这些古迹基本上没有遭到破坏，这是十分令人宽慰的。特别是游圆通寺的时候，我的感慨更是特别多。上一次来游时，大殿神像，完整无缺，回廊清池，一片肃穆气象，颇有“曲径通幽处，禅房花木深”之感。这次重游，寺院正在修缮，到处零乱地堆砖石，许多塑像都已不见。我一方面慨叹那种罪恶的破坏，使我憎恨过去的那一些蠢事。但是，在另一方面，看到重新油漆彩绘的殿堂，我眼前好像是乌云消尽，阳光普照，又对当前和将来，充满了希望。我们伟大的祖国，我们伟大祖国的未来，毕竟是蒸蒸日上、光辉无量的，不是任何人可以破坏得了的。我能不兴会淋漓、逸兴遄飞吗？

特别令我忆念难忘的是著名京剧演员关肃霜同志，她主演了全本《铁弓缘》。我虽然看了几十年京剧，但对京剧却完全是一个外行。不过外行也有外行的优点，他没有框框，不懂得清规戒律，他能看出一般内行人因囿于习惯而看不出来的东西。我自命就是这样一个外行。我真是惊诧于她那技巧的纯熟，工力的深厚，文武双全，唱做俱佳。在全国京剧演员中，像她这样的人才，恐怕已如凤毛麟角绝无仅有了。以半百之年，而且在饱经风霜之后，竟然还能达到这样炉火纯青的水平，我们所有观看她演出的人们无不啧啧称扬，赞不绝口，难道是偶然的吗？当我们上台感谢她的演出时，她再三强调，自己演得不好。这种虚怀若谷的精神，更使我们非常感动。我上面再三讲到昆明人情之美。据我了解，关肃霜同志不是昆明人，但在昆明已经住了几十年，我现在把她也当作昆明人的代表，我想昆明人和她自己大概都不会出来反对吧！

总之，所有这一些风光之美，人情之美，这一次重游昆明，我都已经充分地享受到了。我真是感到无限的喜悦，无限的兴奋。在昆明短暂的停留，日子过得简直像在天堂里一般。但是，在我的内心深处我总感到好像缺少点什么，我感到有点不足，有点惘然，有点寂寞，有点凄凉，有点惆怅，有点悲哀。古人的诗说："冠盖满京华，斯人独憔悴。"我想改一改："冠盖满昆明，斯人独已逝。"昆明就缺少了一个人，这一个人在我前几次来昆明时，总是要见一面的。尽管时间极短，但是情谊很深。我之所以常常怀念昆明，同他也是不无关联的。然而，这一次重来，他却到哪里去了呢？我是多么怀念这个人啊！

这个人不是别人，就是李广田同志。

他原名曦晨，不知从什么时候改名广田。我们在中学并不是同学，第一次见面的情景，现在也回忆不清了。不知怎么一来，我们就认识了。在北京读书的时候，他在北大，我在清华。距离虽然很远，但也时常见面。他有时候从城内长途跋涉，到清华园去看我。相聚的时间不长，我却是非常喜欢他的。他的为人，正如他的诗文一样，恳切真挚，朴素无华，真正是文如其人，或者人如其文。后来，我离开祖国，到一个很遥远的地方去待了十多年。因为当时我们国家和世界上都正是多事之秋，我们没有能够通信。我回国以后，到了北京，他不久也到了北京。碰巧我们俩都担任了北京一个中学的校董。开会时又常常见面，一面叙旧，一面谈新，过了一段非常愉快的日子。又过了不久，他调到昆明在云南大学担任领导职务。我那时还没有到过昆明，只是从书本上和人们的口中知道昆明的情况，是所谓“四时无寒暑，一雨便成冬”的容易引起人们幻想的地方。曦晨这样一个人，到昆明这样一个地方来，我觉得真是珠联璧合，相得益彰。我为他祝贺，也为昆明祝贺。他调来昆明的第三年，我第一次到了昆明，同曦晨见了面。一别三年，他乡音无改，衣着如旧，站在我面前的还是那一个恳切真挚、朴素无华的我多年见惯了的曦晨。我们都没有想到我们竟在万里之外见了面，我心里真是非常的高兴。以后，我几次到过或经过昆明，又同曦晨见过几面，都给我带来了极大的愉快。有时候在报纸杂志上读到他写的诗文，也都感到异常的亲切。

然而，好景不长，上面已经提到的那一阵凄风苦雨突然飞袭过来。有一段相当长的时间，我同曦晨都失掉了自由。在那些暗无天日的日子里，我什么人、什么事都不能想，当然也不会想到曦晨。不知怎么一来，我竟然活了下来，又恢复了自由。由于一个偶然的机会，我听到了他的噩耗。我当时并不怎样悲哀：那种事情我已经听惯了，不以为怪了。我的心灵已经麻木了。

今天我又由于一个偶然的机会，来到了这一座我梦寐以求的春城。我重游了许多地方，重温了旧梦。自然风光之美和人情之美越使我高兴，我就越惘然若有所失，时时处处不禁悲从中来。那一个在我的记忆中同这一座春城总是联系在一起的人哪里去了呢？大街上，我看到熙熙攘攘的行人。这些人都是好人，都有愉快地自由地生存的权利，都有为祖国献身的权利，都有享受这一座春城的权利。然而我怀念的那一个人就没有这权利吗？在林林总总的人群中为什么独独竟少了那一个人呢？他同我岁数差不多，他是能够活下来的。他热爱新中国，热爱新中国的教育事业；他热爱生活，热爱这一座春城。他有一颗热忱的心，能够为祖国的教育事业贡献力量。他手里有一支生花的妙笔，他能够鼓吹升平，歌唱我们这一个太平盛世。他曾经高歌：

> 春光似海，
> 盛世如花。

他是多么热爱这似海的春光、如花的盛世啊！然而，这样一个人到哪里去了呢？我也是热爱这似海的春光、如花的盛世的，但我只觉得茫茫大地，独缺此人。我心灵里的空虚是无论如何也填补不起来的。我感到寂寞，感到凄凉；为了他，我将永远感到寂寞，感到凄凉。

我本来就是热爱这春城昆明的，现在又增加了一个促使我爱的因素。这里是广田生活过的地方、工作过的地方，他的遗骨又埋在这里。这就会使我的记忆的丝缕永远萦绕在一座美丽的春城周围。我将永远怀念广田，永远爱这座春城。

1979 年 3 月 2 日

悼组缃

组缃毕竟还是离开我们走了，永远永远地走了。最近几年来，他曾几次进出医院。有时候十分危险，然而他都逢凶化吉，走出了医院。我又能在池塘边上看到一个戴儿童遮阳帽的老人，坐在木头椅子上，欣赏湖光树影。

他前不久又进了医院。我仍然做着同样的梦，希望他能再一次化险为夷，等到春暖花开时，再一次坐在木椅子上，为朗润园增添一景。然而，这一次我的希望落了空。组缃离开了我们走了，永远永远地走了。对我个人来说，我失掉了一个有六十多年友谊的老友。偌大一个风光旖旎的朗润园，杨柳如故，湖水如故，众多的贤俊依然灿如列星，为我国的文教事业增添光彩。然而却少了一个人，一个平凡又不平凡的老人。我感到空虚寂寞，名园有灵，也会感到空虚与寂寞的。

距今六十四年以前，在三十年代的第一年，我就认识了组缃，当时我们都在清华大学读书。岁数相差三岁，级别相差两级，又不是一个系。然而，不知怎么一来，我们竟认识了，而且成了好友。当时同我们在一起的还有林庚和李长之，可以说是清华园“四剑客”。大概我们都是所谓“文学青年”，都爱好舞笔弄墨，共同的爱好把我们聚拢在一起来了。我读的虽然是外国语文系，但曾旁听过朱自清先生和俞平伯先生的课。我们“四剑客”大概都偷听过当时名噪一时的女作家谢冰心先生的课和燕京大学教授郑振铎先生的课。结果被冰心先生板着面孔赶了出来。和郑振铎先生我们却交上了朋友。他同巴金和靳以共同创办了《文学季刊》，我们都成了编委或特约撰稿人，我们的名字堂而皇之地赫然印在杂志的封面上。郑先生这种没有一点教授架子，绝不歧视小字辈的高风亮节，我曾在纪念他的文章中谈到。我们曾联袂到今天北京大学小东门里他的住处访问过他，对他那插架的宝书曾狠狠地羡慕过一阵。先生之风，山高水长，可惜长之和组缃已先后谢世，能够回忆的只剩下我同林庚两人了。

我们“四剑客”是常常会面的，有时候在荷花池旁，有时候在林荫道上，更多的时候是在某一个人的宿舍里。那时我们都很年轻，我的岁数最小，还不到二十岁，正是幻想特多，不知天高地厚，仿佛前面的路上全铺满了玫瑰花的年龄。我们放言高论，无话不谈，“语不惊人死不休”。个个都吹自己的文章写得好，不是梦笔生花，就是神来之笔。林庚早晨初醒，看到风吹帐动，立即写了两句话：

破晓时天旁的水声

深林中老虎的眼睛

当天就念给我们听，眉飞色舞，极为得意。他的一篇诗稿上有一个“袭”字，看上去像是“聋”字。长之立即把这个“聋”字据为己有。原诗是“袭来了什么什么”，现在成了“聋来了什么什么”。他认为，有此一个“聋”字而境界全出了。

我们会面的地方，留给我印象最深的还是工字厅。这是一座老式建筑，里面回廊曲径，花木蓊郁，后临荷塘，那一个有名的写着“水木清华”四个大字的匾，就挂在工字厅后面。这里房间很多，数也数不清。中间有一座大厅，按现在的标准来说，也不算太大。厅里旧木家具，在薄暗中有时闪出一点光芒。这是一个非常清静的地方，平常很少有人到这里来。对我们“四剑客”来说，这里却是侃大山（当时还没有这个词儿）的理想的地方。我记得茅盾《子夜》出版的时候，我们四个人又凑到一起，来到这里，大侃《子夜》。意见大体上分为两派：否定与肯定。我属于前者，组缃属于后者。我觉得，茅盾的文章死板、机械，没有鲁迅那种灵气。组缃则说，《子夜》结构闳大，气象万千。这样的辩论向来不会有结果的。不过是每个人淋漓尽致地发表了意见以后，你好，我好，大家都好，又谈起别的问题来了。

组缃上中学时就结了婚。家境大概颇为富裕，上清华时，把家眷也带了来。现在听说中国留学生可以带夫人出国，名曰伴读。当时是没有这个说法的。然而组缃的所作所为不正是“伴读”吗？组缃真可谓“超前”了。有了家眷，就不能住在校内学生宿舍里。他在清华附近西柳村租了几间房子，全家住在那里。我曾同林庚和长之去看过他。除了夫人以外，还有一个三四岁的女孩，小名叫小鸠子，是非常聪慧可爱的孩子。去年下半年，我去看组缃，小鸠子正从四川赶回北京来陪伴父亲。她现在也已六十多岁，非复当日的小女孩了。我叫了一声“小鸠子！”组缃笑着说：“现在已经是老鸠子了。”相对一笑，时间流逝得竟是如此迅速，我也不禁“惊呼热中肠”了。

清华毕业后，我们“四剑客”，天南海北，在茫茫的赤县神州，在更茫茫的番邦异域，各奔前程，为了糊口，为了养家，在花花世界中，摸爬滚打，历尽苦难，在心灵上留下了累累伤痕。我们各自怀着对对方的忆念，在寂寞中，在沉默中，等待着，等待着。一直等到20世纪50年代初的院系调整，组缃和林庚又都来到了北大，我们这“三剑客”在睽离二十年后又在燕园聚首了。此时我们都已成了中年人，家事、校事、国事，事事萦心。当年的少年锐气已经磨掉了不少，非复昔日之狂纵。燕园虽秀美，但独缺少一个工字厅，缺少一个水木清华。我们平常难得见一次面，见面大都是在校内外召开的花样繁多的会议上。一见面，大家哈哈一笑，个中滋味，不足为外人道也。

时光是超乎物外的，它根本不管人世间的悲欢离合，从无始至无终，始终是狂奔不息。一转瞬间，已经过去了四十年。其间风风雨雨，坎坎坷坷，中国的老知识分子无不有切肤之痛，大家心照不宣，用不着再说了。我同组缃在牛棚中做过“棚友”，更别有一番滋味在心头。我们终于都离开了中年，转入老年，进而进入耄耋之年。不但青年的锐气消磨精光，中年的什么气也所余无几，只剩下了一团暮气了。幸好我们这清华园“三剑客”（长之早已离开了人间）并没有颓唐不振，仍然在各自的领域里辛勤耕耘，虽非“志在千里”，却也还能“日暮行雨，春深著花”，多少都有所建树，差堪自慰而已。

前几年，我同组缃的共同的清华老友胡乔木，曾几次对我说：“老朋友见一面少一面了！”我颇讶其伤感。前年他来北大参加一个什么会。会结束后，我陪他去看了林庚。他执意要看一看组缃，说他俩在清华时曾共同搞过地下革命活动。我于是从林庚家打电话给组缃，打了好久，没有人接。并非离家外出，想是高卧未起。不管怎样，组缃和乔木至终也没能再见上一面。乔木先离开了人间，现在组缃也走了。回思乔木说的那一句话，字字是真理，哪里是什么感伤！我却是乐观得有点可笑了。

我默默地接受了这个教训，赶在组缃去世之前，想亡羊补牢一番。去年我邀集了几个最老的朋友：组缃、恭三（邓广铭）、林庚、周一良等小聚了一次。大家都一致认为，老友们的兴致极高，难得浮生一夕乐。但在觥筹交错中，我不禁想到了两个人：一是长之，一是乔木，清华“剑客”于今飘零成广陵散矣。我本来想今年再聚一次，被邀请者范围再扩大一点。哪里想到，如果再相聚的话，又少了一个人：组缃。暮年老友见一面真也不容易呀！

不管我还能活上多少年，我现在走的反正是人生最后一段路程。最近若干年来，我以忧患余生，渐渐地成了陶渊明的信徒。他那形神相赠的诗，我深深服膺。我想努力做到“纵浪大化中，不喜亦不惧”。我想努力做到宋人词中所说的“悲欢离合总无情”。我觉得，自己的努力并没有白费。我对这花花世界确已看透，名缰利索对我的控制已经微乎其微。然而一遇到伤心之事，我还不能“总无情”，而是深深动情，组缃之死就是一个例子。生而为人，孰能无情，一个“情”字不就是人之所异于禽兽者的那一点“几稀”吗？

有一件事却让我触目惊心。我舞笔弄墨之十多年于兹矣。前期和中期写的东西，不管内容如何，不管技巧如何，悼念的文章是极为稀见的。然而最近几年来，这类文章却逐渐多了起来。最初我没有理会。一旦理会到了，不禁心惊胆战。一个人到了老年，如果能活得长一点，当然不能说是坏事。但是，身旁的老友一个接一个地离开了自己，宛如郑板桥诗所说的“删繁就简三秋树”，如果“简”到只剩下自己这一个老枝，岂不大可哀哉！一个常常要写悼念文章的人，距离别人为自己写悼念文章，大概也为期不远了。一想到这一点，即使自己真能“不喜亦不惧”，难道就能无动于衷吗？

但是，眼前我并不消极，也不颓唐，我绝不会自寻“安乐死”的。看样子我还能活上若干年的，我耳不聋，眼稍昏，抬腿就是十里八里。王济夫同志说我是“奇迹”，他的话有点道理。我计划要做的事，其数量和繁重程度，连一些青年或中年人都会望而却步，借用冯友兰先生的话，我是“欲罢不能”。天生是辛劳的命，奈之何哉！看来悼念文章我还是要写下去的。我并没有老友臧克家要活到一百二十岁那样的雄心壮志，退而求其次，活到九十多，大概不成问题。我还有多少悼念文章要写呀，恐怕没有人敢说了。

1994 年 2 月 2 日

我眼中的张中行

接到韩小蕙小姐的约稿信，命我说说张中行先生与沙滩北大红楼。这个题目出得正是时候。好久以来，我就想写点有关中行先生的文章了。只是因循未果。小蕙好像未卜先知，下了这一阵及时雨，滋润了我的心，我心花怒放，灵感在我心中躁动。我又焉得不感恩图报，欣然接受呢？

中行先生是高人、逸人、至人、超人。淡泊宁静，不慕荣利，淳朴无华，待人以诚。以八十七岁的高龄，每周还到工作单位去上几天班。难怪英文版《中国日报》发表了一篇长文，颂赞中行先生。通过英文这个实为世界语的媒介，他已扬名寰宇了。我认为，他代表了中国知识分子，特别是老年知识分子的风貌，为我们扬了眉，吐了气。我们知识分子都应该感谢他。

但是，现在回想起来，却不能不承认这是一件怪事：我与中行先生同居北京大学朗润园二三十年，直到他离开这里迁入新居以前的几年，我们才认识，这个“认识”指的是见面认识，他的文章我早就认识了。有很长一段时间，亡友蔡超尘先生时不时地到燕园来看我。我们是济南高中同学，很谈得来。每次我留他吃饭，他总说，到一位朋友家去吃，他就住在附近。现在推测起来，这“一位朋友”恐怕就是中行先生，他们俩是同事。愧我钝根，未能早慧。不然的话，我早个十年八年认识了中行先生，不是能更早得一些多得一些潜移默化的享受，早得一些多得一些智慧，撬开我的愚钝吗？佛家讲因缘，因缘这东西是任何人任何事物都无法抗御的。我没有什么话好说。

但是，也是由于因缘和合，不知道是怎样一来，我认识了中行先生。早晨起来，在门前湖边散步时，有时会碰上他。我们俩有时候只是抱拳一揖，算是打招呼，这是“土法”。还有“土法”是“见了兄弟媳妇叫嫂子，无话说三声”，说一声：“吃饭了吗？”这就等于舶来品“早安”。我常想中国礼仪之邦，竟然缺少几句见面问安的话，像西洋的“早安”“午安”“晚安”等等。我们好像挨饿挨了一千年，见面问候，先问：“吃了没有？”我同中行先生还没有饥饿到这个程度，所以不关心对方是否吃了饭，只是抱拳一揖，然后各行其路。

有时候，我们站下来谈一谈。我们不说：“今天天气，哈，哈，哈！”我们谈一点学术界的情况，谈一谈读了什么有趣的书。有一次，我把他请进我的书房，送了他一本《陈寅恪诗集》。不意他竟然说我题写的书名字写得好。我是颇有自知之明的，我的“书法”是无法见人的。只在迫不得已时，才泡开毛笔，一阵涂鸦。现在受到了他的赞誉，不禁脸红。他有时也敲门，把自己的著作亲手递给我。这是我最高兴的时候。有一次，好像就是去年春夏之交，我们早晨散步，走到一起了，就站在小土山下，荷塘边上，谈了相当长的时间。此时，垂柳浓绿，微风乍起，鸟语花香，四周寂静。谈话的内容已经记不清楚。但是此情此景，时时如在眼前，亦人生一乐也。可惜在大约半年以前，他乔迁新居。对他来说，也许是件喜事。但是，对我来说，却是无限惆怅。朗润园辉煌如故，青松翠柳，“依然烟笼一里堤”。北大文星依然荟萃，我却觉得人去园空。每天早晨，独缺一个耄耋而却健壮的老人，荷塘为之减色，碧草为之憔悴。“此情可待成追忆，只是当时已惘然。”

中行先生是“老北大”。同他比起来，我虽在燕园已经待了将近半个世纪，却仍然只能算是“新北大”。他在沙滩吃过饭，在红楼念过书。我也在沙滩吃过饭，却是在红楼教过书。一“念”一“教”，一字之差，时间却相差了二十年，于是“新”“老”判然分明了。即使是“新北大”吧，我在红楼和沙滩毕竟吃住过六年之久，到了今天，又哪能不回忆呢？

中行先生在文章中，曾讲过当年北大的入学考试。因为我自己是考过北大的，所以备感亲切。1930 年，当时山东唯一的一个高中——省立济南高中毕业生八十余人，来北平赶考。我们的水平不是很高。有人报了七八个大学，最后，几乎都名落孙山。到了穷途末日，朝阳大学，大概为了收报名费和学费吧，又招考了一次，一网打尽，都录取了。我当时尚缺自知之明，颇有点傲气，只报了北大和清华两校，居然都考取了。我正做着留洋镀金的梦，觉得清华圆梦的可能性大，所以就进了清华。清华入学考试没有什么特异之处，北大则给我留下了难忘的印象。先说国文题就非常奇特：“何谓科学方法？试分析详论之。”这哪里像是一般的国文试题呢？英文更加奇特，除了一般的作文和语法方面的试题以外，还另加一段汉译英，据说年年如此。那一年的汉文是：“别来春半，触目愁肠断。砌下落梅如雪乱，拂了一身还满。”这也是一个很难啃的核桃。最后，出所有考生的意料，在公布的考试科目以外，又奉赠了一盘小菜，搞了一次突然袭击：加试英文听写。我们在山东济南高中时，从来没有搞过这玩意儿。这当头一棒，把我们都打蒙了。我因为英文基础比较牢固，应付过去了。可怜我那些同考的举子，恐怕没有几人听懂的。结果在山东来的举子中，只有三人榜上有名。我侥幸是其中之一。

至于沙滩的吃和住，当我在 1946 年深秋回到北平来的时候，斗转星移，时异事迁，相隔二十年，早已无复中行先生文中讲的情况了。他讲到的那几个饭铺早已不在。红楼对面有一个小饭铺，极为窄狭，只有四五张桌子。然而老板手艺极高，待客又特别和气。好多北大的教员都到那里去吃饭，我也成了座上常客。马神庙则有两个极小但却著名的饭铺，一个叫“菜根香”，只有一味主菜：清炖鸡。然而却是宾客盈门，川流不息，其中颇有些知名人物。我在那里就见到过马连良、杜近芳等著名京剧艺术家。路南有一个四川饭铺，门面更小，然而名声更大，我曾看到过外交官的汽车停在门口。顺便说一句：那时北平汽车是极为稀见的，北大只有胡适校长有一辆。这两个饭铺，对我来说是“山川信美非吾土”，价钱较贵。当时通货膨胀骇人听闻，纸币上每天加一个“0”，也还不够。我吃不起，只是偶尔去一次而已。我有时竟坐在红楼前马路旁的长条板凳上，同“引车卖浆者流”挤在一起，一碗豆腐脑，两个火烧，既廉且美，舒畅难言。当时有所谓“教授架子”这个名词，存在决定意识，在抗日战争前的黄金时期，大学教授社会地位高，工资又极为优厚，于是满腹经纶外化而为“架子”。到了我当教授的时候，已经今非昔比，工资一天毛似一天，虽欲摆“架子”，焉可得哉？而我又是天生的“土包子”，虽留洋十余年，而“土”性难改。于是以大学教授之“尊”而竟在光天化日之下，端坐在街头饭摊的长板凳上却又怡然自得，旁人谓之斯文扫地，我则称之源于天性。是是非非，由别人去钻研讨论吧。

中行先生至今虽已到了望九之年，他上班的地方仍距红楼沙滩不远，可谓与之终生有缘了。因此，在他的生花妙笔下，其实并不怎样美妙的红楼沙滩，却仿佛活了起来，有了形貌，有了感情，能说话，会微笑。中行先生怀着浓烈的“思古之幽情”，信笔写来，娓娓动听。他笔下那一些当年学术界的风云人物，虽墓木久拱，却又起死回生，出入红楼，形象历历如在眼前。我也住沙滩红楼颇久。一旦读到中行先生妙文，也引起了我的“思古之幽情”。我的拙文，不敢望中行先生项背，但倘能借他的光，有人读上一读，则于愿足矣。

中行先生的文章，我不敢说全部读过，但是读的确也不少。这几篇谈红楼沙滩的文章，信笔写来，舒卷自如，宛如行云流水，毫无斧凿痕迹，而情趣盎然，间有幽默，令人会心一笑。读这样的文章，简直是一种享受。他文中谈到的老北大的几种传统，我基本上都是同意的。特别是其中的容忍，更合吾意。蔡孑民先生的“兼容并包”，到了今天，有人颇有微词。夷考其实，中外历史都证明了，哪一个国家能兼容并包，哪一个时代能兼容并包，那里和那时文化学术就昌盛，经济就发展。反之，如闭关锁国，独断专行，则文化就僵化，经济就衰颓。历史事实和教训是无法抗御的。文中讲到外面的人可以随时随意来校旁听，这是传播文化的最好的办法。可惜到了今天，北大之门固若金汤。门外的人如想来旁听，必须得到许多批准，可能还要交点束脩。对某些人来说，北大宛若蓬莱三山，可望而不可即了。对北大，对我们社会，这样做究竟是一件好事，还是一件坏事，请读者诸君自己来下结论吧！我不敢越俎代庖了。

中行先生的文章是极富有特色的。他行文节奏短促，思想跳跃迅速；气韵生动，天趣盎然；文从字顺，但绝不板滞，有时宛如大珠小珠落玉盘，仿佛能听到节奏的声音。中行先生学富五车，腹笥丰盈。他负暄闲坐，冷眼静观大千世界的众生相，谈禅论佛，评儒论道，信手拈来，皆成文章。这个境界对别人来说是颇难达到的。我常常想，在现代作家中，人们读他们的文章，只需读上几段而能认出作者是谁的人，极为稀见。在我眼中，也不过几个人。鲁迅是一个，沈从文是一个，中行先生也是其中之一。

在许多评论家眼中，中行先生的作品被列入“学者散文”

中。这个名称妥当与否，姑置不论。光说“学者”，就有多种多样。用最简单的分法，可以分为“真”“伪”两类。现在商品有假冒伪劣，学界我看也差不多。确有真学者，这种人往往是默默耕耘，晦迹韬光，与世无忤，不事张扬。但他们并不效法中国古代的禅宗，主张“不立文字”，他们也写文章。顺便说上一句，主张“不立文字”的禅宗，后来也大立而特立。可见不管你怎样说，文字还是非立不行的。中行先生也写文章，他属于真学者这一个范畴。与之对立的当然就是伪学者。这种人会抢镜头，爱讲排场，不管耕耘，专事张扬。他们当然会写文章的，可惜他们的文章晦涩难懂，不知所云。有的则塞满了后现代主义的词语，同样是不知所云。我看，实际上都是以艰深文浅陋，以“摩登”文浅陋。称这样的学者为“伪学者”，恐怕是不算过分的吧。他们的文章我不敢读，不愿读，读也读不懂。

读者可千万不要推断，我一概反对“学者散文”。对于散文，我有自己的偏见：散文应以抒情叙事为正宗。我既然自称“偏见”，可见我不想强加于人。学者散文，古已有之。即以传世数百年的《古文观止》而论，其中选有不少可以归入“学者散文”这一类的文章。最古的不必说了，专以唐宋而论，唐代韩愈的《原道》《师说》《进学解》等篇都是“学者散文”，柳宗元的《桐叶封弟辨》也可以归入此类。宋代苏轼的《范增论》《留侯论》《贾谊论》《晁错论》等等，都是上乘的“学者散文”。我认为，上面所举的这些篇“学者散文”，有一个共同的特点，就是文采斐然，换句话说，也就是艺术性强。我又有一个偏见：凡没有艺术性的文章，不能算是文学作品。

拿这个标准来衡量中行先生的文章，称之为“学者散文”，它是绝不含糊的，它是完全够格的。它融会思想性与艺术性，融会到天衣无缝的水平。在当今“学者散文”中堪称独树一帜，可为我们的文坛和学坛增光添彩。

1995 年 8 月

悼念赵朴老

朴老涅槃，我心实悲。我曾在什么地方看过一幅壁画，画的是如来佛涅槃时的情景。如来佛右肋在下侧卧在那里。身旁围了一大群弟子，大多数是痛哭流涕，悲哀难抑。独有一位弟子站在那里，凝然无动于衷。他大概是已经参透了人生奥秘，领悟了无常是生命的正道。他也许正是这一幅壁画的核心人物，他是众僧的榜样，他是众生的楷模。我个人是一个凡夫俗子，远远没能参透人生的奥秘，我宁愿归属痛哭的众僧之列。

提到赵朴老，我真是早已久仰久仰了。他是著名的身体力行的佛教居士，中国佛协的领导人，造诣高深的佛学理论家；他又是蜚声书坛的书法家；他还是有悠久革命经历的国务活动家。赵朴老真正是口碑载道，誉满中外，成为人们景仰的对象。

可就是这样一位名人，一位大人物，却丝毫没有名人的架子，大人物的派头。同他一接触，就会被他那慈祥的笑容所感动，使人们如坐春风，如沐春雨，感到无比的温暖和幸福。我个人同朴老接触不多；但是，每会面一次，就增强一次上述的感觉。

我同朴老相处最长的一次是在 1986 年。当时，班禅大师奉中央命赴尼泊尔公干，中央派了一架专机，陪同的人很多，赵朴老和夫人陈邦织女士也在其中。我作为全国人大常委敬陪末座。我们坐在飞机最前面的特别包厢里，中间一张小桌，两边各坐二人，朴老和班禅一边，我和陈邦织女士一边。飞机飞临珠穆朗玛峰上空，接到尼泊尔加德满都的电话，说那里晨雾未消，不能降落，请飞机放慢速度。我们刚登上飞机时，飞机起飞，要系好安全带。但是，班禅大师的安全带两端碰不拢，他笑着说:“你看我这肚子！”过了不久，加德满都方面来了电话说，飞机可以降落了。我诚敬地对班禅大师说:“这是托大师的洪福！”他笑着说:“我跟你一样！”可见班禅大师是一位多么平易近人的活佛。

我送给了朴老一本刚出版的《原始佛教的语言问题》，请求指正。朴老还没有来得及看，但是，陈邦织先生却一路手不停披，等到飞机在加德满都机场着陆时，看样子，她已经把全书看得差不多了。我心里暗暗钦佩邦织先生读书之勤。由此可以推断，她大概是同朴老一样“学富五车”的。

在加德满都，我同朴老夫妇和秘书一起被安排住在全城最高级的大概是五星级的一家大饭店里。饭店里有中西许多国家的餐厅。我同人大常委会几位同志经常是吃一顿饭换一个餐厅，遍尝了许多国家的名菜，可谓大快朵颐了。朴老是虔诚的佛教信徒，坚持素食，几十年如一日。他们不同我们一起吃饭。但因同住一层楼，房间相距不远，所以不乏见面的机会。有一天，朴老夫妇忽然来敲我的房门，邦织先生手持一幅朴老刚写好的字送给我。这真是喜从天降，我哪里会想到在异乡做客时竟能获得朴老的墨宝呢？我双手去捧接，心潮腾涌，视墨宝如拱璧，心想家中又得到了一件传家宝，我这个人和我们全家都有福了。

加德满都是一个很奇特有趣的地方，位于一个大山谷中。神话传说，此地原来处于深水中，谷口有巨石挡住，水流不出去。后来文殊菩萨手挥巨剑把巨石劈开，水流了出去，就形成了现在的加德满都。所以尼泊尔人尊文殊为保护神。在中国，文殊菩萨的圣地是五台山，因此尼泊尔朋友也视五台山为圣山，到了中国，多往朝拜。这也可以算是中尼友谊史上的一段佳话吧。

从尼泊尔回来以后，我还曾多次见到过朴老。在人民大会堂招待星云大师的宴会上，在人民大会堂不同的厅里召开的不同的会议上，在广济寺召开的讨论清代大藏经雕版的会上，我都同他见过面。虽然说话不多，但是，他那真正体现了佛教基本精神慈悲为怀的人格的魅力却在无形中净化了我的灵魂。我缺少慧根，毕生同佛教研究打交道，却不能成为真正的佛教信徒。但是，我对佛教的最基本的教义万有无常（sarvam anityam）却异常信服。我认为，这真正抓住了宇宙万有的根本规律，是谁也否定不掉的。

我在上面曾说到，朴老已经参透了人生的奥秘。他在遗嘱中用诗歌表达了他的生死观："生固欣然，死亦无憾。花落还开，水流不断。我兮何有，谁欤安息。明月清风，不劳寻觅。"谁读了这首诗不会受到真挚的感动呢？我是一个俗人，虽然也向往这种境界，但是却徒劳无功。我达不到如来涅槃壁画上那一位凝然无动于衷的法师的水平，我只能像一般俗人一样悲痛不已。

2000 年 11 月 6 日

怀念乔木

乔木同志离开我们已经一年多了。我曾多次想提笔写点怀念的文字，但都因循未果。难道是因为自己对这一位青年时代的朋友感情不深、怀念不切吗？不，不，绝不是的。正因为我怀念真感情深，我才迟迟不敢动笔，生怕亵渎了这一份怀念之情。到了今天，悲思已经逐步让位于怀念，正是非动笔不行的时候了。

我认识乔木是在清华大学。当时我不到二十岁，他小我一年，年纪更轻。我念外语系而他读历史系。我们究竟是怎样认识的，现在已经回忆不起来。总之我们认识了。当时他正在从事反国民党的地下活动（后来他告诉我，他当时还不是党员）。他创办了一个工友子弟夜校，约我去上课。我确实也去上了课，就在那一座门外嵌着“清华学堂”的高大的楼房内。有一天夜里，他摸黑坐在我的床头上，劝我参加革命活动。我虽然痛恶国民党，但是我觉悟低，又怕担风险。所以，尽管他苦口婆心，反复劝说，我这一块顽石愣是不点头。我仿佛看到他的眼睛在黑暗中闪光。最后，听他叹了一口气，离开了我的房间。早晨，在盥洗室中我们的脸盆里，往往能发现革命的传单，是手抄油印的。我们心里都明白，这是从哪里来的。但是没有一个人向学校领导去报告。从此相安无事，一直到一两年后，乔木为了躲避国民党的迫害，逃往南方。

此后，我在清华毕业后教了一年书，同另一个乔木（乔冠华，后来号“南乔木”，胡乔木号“北乔木”）一起到了德国，一住就是十年。此时，乔木早已到了延安，开始他那众所周知的生涯。我们完全走了两条路，恍如云天相隔，“世事两茫茫”了。

等到我于 1946 年回国的时候，解放战争正在激烈进行。到了 1949 年，解放军终于开进了北京城。就在这一年的春夏之交，我忽然接到一封从中南海寄出来的信。信开头就说：“你还记得当年在清华时一个叫胡鼎新的同学吗？那就是我，今天的胡乔木。”我当然记得的，一缕怀旧之情蓦地萦上了我的心头。他在信中告诉我说，现在形势顿变，国家需要大量的研究东方问题、通东方语文的人才。他问我是否同意把南京东方语专、中央大学边政系一部分和边疆学院合并到北大来。我同意了。于是有一段时间，东语系是全北大最大的系。原来只有几个人的系，现在顿时熙熙攘攘，车马盈门，热闹非凡。

记得也就是在这之后不久，乔木到我住的翠花胡同来看我。一进门就说:“东语系马坚教授写的几篇文章:《穆罕默德的宝剑》《回教徒为什么不吃猪肉?》等，毛先生很喜欢，请转告马教授。”他大概知道，我们不习惯于说“毛主席”，所以用了“毛先生”这一个词儿。我当时就觉得很新鲜，所以至今不忘。

到了1951年，我国政府派出了新中国成立后第一个大型的出国代表团：赴印缅文化代表团。乔木问我愿不愿参加，我当然非常愿意。我研究印度古代文化，却没有到过印度，这无疑是一件憾事。现在天上掉下来一个良机，可以弥补这个缺憾了。于是我畅游了印度和缅甸，留下了毕生难忘的印象。这当然要感谢乔木。

但是，我是一个上不得台盘的人，我很怕见官。两个乔木都是我的朋友，现在都当了大官。我本来就不喜欢拜访人，特别是官，不管是多熟的朋友，也不例外。解放初期，我曾请南乔木乔冠华给北大学生做过一次报告。记得送他出来的时候，路上遇到艾思奇，他们俩显然很熟识。艾说:“你也到北大来老王卖瓜了！”乔说:“只许你卖，就不许我卖吗?”彼此哈哈大笑。从此我就再没有同乔冠华打交道。同北乔木也过从甚少。

说句老实话，我这两个朋友，南北两乔木都没有官架子。我最讨厌人摆官架子，然而偏偏有人爱摆。这是一种极端的低级趣味的表现。我的政策是：先礼后兵。不管你是多么大的官，初见面时，我总是彬彬有礼。如果你对我稍摆官谱，从此我就不再理你，见了面也不打招呼。知识分子一向是又臭又硬的，反正我绝不想往上爬，我完全无求于你，你对我绝对无可奈何。官架子是抬轿子的人抬出来的。如果没有人抬轿子，架子何来？因此我憎恶抬轿子者胜于坐轿子者。如果有人说这是狂狷，我也只等秋风过耳边。

但是，乔木却绝不属于这一类的官。他的官越做越大，地位越来越高，被誉为“党内的才子”“大手笔”，俨然执掌意识形态大权，名满天下。然而他并没有忘掉故人。特别是“文化大革命”以后，我们都有独自的经历。我们虽然没有当面谈过，但彼此心照不宣。他到我家来看过我。他的家我却是一次也没有去过。什么人送给他了上好的大米，他也要送给我一份。他到北戴河去休养，带回来了许多个儿极大的海螃蟹，也不忘记送我一筐。他并非百万富翁，这些可能都是他自己出钱买的。按照中国老规矩：来而不往，非礼也。投桃报李，我本来应该回报点东西的，可我什么吃的东西也没有送给乔木过。这是一种什么心理呢？我自己并不清楚。难道是中国旧知识分子，优秀的知识分子那种传统心理在作怪吗？

1986 年冬天，北大的学生有一些爱国活动，有一点“不稳”。乔木大概有点着急。有一天他让我的儿子告诉我，他想找我谈一谈，了解一下真实的情况。但他不敢到北大来，怕学生们对他有什么行动，甚至包围他的汽车，问我愿不愿意到他那里去。我答应了。于是他把自己的车派来，接我和儿子、孙女到中南海他住的地方去。外面刚下过雪，天寒地冻。他住的房子极高极大，里面温暖如春。他全家人都出来作陪。他请他们和我的儿子、孙女到另外的屋子里去玩，只留我们两人，促膝而坐。开宗明义，他先声明："今天我们是老友会面。你眼前不是政治局委员，书记处书记，而是六十年来的老朋友。"我当然完全理解他的意思，把我对青年学生的看法，竹筒倒豆子，和盘倒出，毫不隐讳。我们谈了一个上午，只是我一个人说话。我说的要旨其实非常简明：青年学生是爱国的。在上者和年长者唯一正确的态度是理解与爱护，诱导与教育。个别人过激的言行可以置之不理。最后，乔木说话了：他完全同意我的看法，说是要把我的意见带到政治局去。能得到乔木的同意，我心里非常痛快。他请我吃午饭。他们全家以夫人谷羽同志为首和我们祖孙三代围坐在一张非常大的圆桌旁。让我吃惊的是，他们吃得竟是这样菲薄，与一般人想象的什么山珍海味、燕窝、鱼翅，毫不沾边儿。乔木是一个什么样的官儿，也就一清二楚了。

有一次，乔木想约我同他一起到甘肃敦煌去参观。我委婉地回绝了。并不是我不高兴同他一起出去，我是很高兴的。但是，一想到下面对中央大员那种逢迎招待、曲尽恭谨之能事的情景，一想到那种高楼大厦、扈从如云的盛况，我那种上不得台盘的老毛病又发作了，我感到厌恶，感到腻味，感到不能忍受。眼不见为净，还是老老实实地待在家里为好。

最近几年以来，乔木的怀旧之情好像愈加浓烈。他曾几次对我说：“老朋友见一面少一面了！”我真是有点惊讶。我比他长一岁，还没有这样的想法哩。但是，我似乎能了解他的心情。有一天，他来北大参加一个什么展览会。散会后，我特意陪他到燕南园去看清华老同学林庚。从那里打电话给吴组缃，电话总是没有人接。乔木告诉我，在清华时，他俩曾共同参加了一个地下革命组织，很想见组缃一面，竟不能如愿，言下极为怏怏。我心里想：这次不行，下次再见嘛。焉知下次竟没有出现。乔木同组缃终于没能见上一面，就离开了人间。这也可以说是抱恨终天吧。难道当时乔木已经有了什么预感吗？

他最后一次到我家来，是老伴谷羽同志陪他来的。我的儿子也来了。后来谷羽和我的儿子到楼外同秘书和司机去闲聊。屋里只剩下了我同乔木两人。我一下回忆起几年前在中南海的会面。同一会面，环境迥异。那一次是在极为高大宽敞，富丽堂皇的大厅里。这一次却是在低矮窄小、又脏又乱的书堆中。乔木仍然用他那缓慢低沉的声调说着话。我感谢他签名送给我的诗集和文集。他赞扬我在学术研究中取得的成就，用了几个比较夸张的词儿。我顿时感到惶恐，觳觫不安。我说：“你取得的成就比我大得多而又多呀！”对此，他没有多说什么话，只是轻微地叹了一口气，慢声细语地说：“那是另外一码事儿。”我不好再说什么了。谈话时间不短了，话好像是还没有说完。他终于起身告辞。我目送他的车转过小湖，才慢慢回家，我哪里会想到，这竟是乔木最后一次到我家里来呢？

大概是在前年，我忽然听说：乔木患了不治之症。我大吃一惊，仿佛当头挨了一棍。“斯人也，而有斯疾也。”难道天道真就是这个样子吗？我没有别的办法，只能寄希望于万一。这一次，我真想破例，主动到他家去看望他。但是，儿子告诉我，乔木无论如何也不让我去看他。我只好服从他的安排。要说心里不惦念他，那是根本不可能的。六十多年的老友，世界上没有几个了。

时间也就这样过去。去年八九月间，他委托他的老伴告诉我的儿子，要我到医院里去看他。我十分了解他的心情：这是要同我最后诀别了。我怀着沉重的心情，同儿子到了他住的医院里。病房同中南海他的住房同样宽敞高大，但我的心情却无论如何也不能同那一次进中南海相比，我这一次是来同老友诀别的。乔木仰面躺在病床上，嘴里吸着氧气。床旁还有一些点滴用的器械。他看到我来了，显得有点激动，抓住我的手，久久不松开。看来他知道，这是最后一次握老友的手了。但是，他神态是安详的，神志是清明的，一点没有痛苦的表情。他仍然同平常一样慢声慢气地说着话。他曾在《人物》杂志上读过我那《留德十年》的一些篇章。不知道为什么他现在又忽然想了起来，连声说：“写得好！写得好！”我此时此刻百感交集，我答应他全书出版后，一定送他一本。我明知道这只不过是空洞的谎言。这种空洞萦绕在我耳旁，使我自己都毛骨悚然。然而我不说这个又能说些什么呢?

这是我同乔木最后一次见面。过了不久，他就离开了人间。按照中国古代一些知识分子的做法,《留德十年》出版以后，我应当到他的坟上焚烧一本，算是送给他那在天之灵。然而，遵照乔木的遗嘱，他的骨灰都已撒到他革命的地方了，连一个骨灰盒都没有留下。他是“赤条条来去无牵挂”。然而，对我这后死者来说，却是极难排遣的。我面对这一本小书，泪眼模糊，魂断神销。

平心而论，乔木虽然表面上很严肃，不苟言笑，他实则是一个正直的人，一个正派的人，一个感情异常丰富的人，一个脱离了低级趣味的人。六十年的宦海风波，他不能无所感受，但是他对我半点也没有流露过。他大概知道，我根本不是此道中人，说了也是白说。

我同乔木相交六十年。在他生前，对他我有意回避，绝少主动同他接近。这是我的生性使然，无法改变。他逝世后这一年多以来，不知道是为什么，我倒常常想到他。我像老牛反刍一样，回味我们六十年交往的过程，顿生知己之感。这是我以前从来没有感到过的。现在我越来越觉得，乔木是了解我的。有知己之感是件好事，然而它却加浓了我的怀念和悲哀。这就难说是好是坏了。

随着自己的年龄的增长，我现在越来越觉得，在人世间，后死者的处境是并不美妙的，年岁越大，先他而走的亲友越多，怀念与悲思在他心中的积淀也就越来越厚，厚到令人难以承担的程度。何况我又是一个感情常常超过需要的人，我心里这一份负担就显得更重。乔木的死，无疑又在我的心灵中增加了一份极为沉重的负担。我有没有办法摆脱这一份负担呢？我自己说不出。我怅望窗外皑皑的白雪，我想得很远，很远。

1993 年 11 月 28 日凌晨

Wala

总有一个女孩子的面影飘动在我的眼前：淡红的双腮，圆圆的大眼睛。这面影对我这样熟悉，却又这样生疏。每次当它浮起来的时候，我一点也不去理会，它只是这么摇摇曳曳地在我眼前浮动一会，蓦地又暗淡下去，终于消逝到不知什么地方去了。我的记忆也自然会随了这消逝去的影子追上去，一直追到六年前的波兰车上。

也是同现在一样的夏末秋初的天气，我在赤都游了一整天以后，脑海里装满了红红绿绿的花坛的影像，走上波德通车。我们七个中国同学占据了一个车厢，谈笑得颇为热闹。大概快到华沙了吧，车里渐渐暗了下来，这时忽然走进一个年青的女孩子来。我只觉得有一个秀挺的身影在我眼前一闪，还没等我细看的时候，她已经坐在我的对面。我的地理知识本来不高明。在国内的时候，对波兰我就不大清楚，对波兰的女孩子更模糊成一团。后来读到一位先生游波兰描写波兰女孩子的诗，当时的印象似乎很深，但不久就渐渐淡了下来，终于连一点痕迹都没有了。然而现在自己竟到了波兰，而且对面就坐了一个美丽的波兰女孩子：淡红的双腮，圆圆的大眼睛。

倘若在国内的话，七个男人同一个孤身的女孩子坐在一起，我们即使再道学，恐怕也会说一两句带着暗示的话，让女孩子红上一阵脸，我们好来欣赏娇羞含怒然而却又带笑的态度。然而现在却轮到我们红脸了。女孩子坦然地坐在那里，脸上挂着一丝微笑，把我们七个异邦的青年男子轮流看了一遍，似乎想要说话的样子。但我们都仿佛变成在老师跟前背不出书来的小学生，低了头，没有一个人敢说些什么。终于还是女孩子先开了口。她大概知道我们不能说波兰话，只用德文问我们会说哪一国的话。我们七个中有一半没学过德文。我自己虽然学过，但也只是书本子里的东西。现在既然有人问到了，也只好勉强回答说自己会说德文。谈话也就开始了，而且还是愈来愈热闹。我们真觉得语言的功用有时候并不怎样大，静默或其他别的动作还能表达更多更复杂更深刻的思想。当时我们当然不能长篇大论地叙述什么，有的时候竟连意思都表达不出来，这时我们便相对一笑，在这一笑里，我们似乎互相了解了更多更深的东西。刚才她走进来的时候，先很小心地把一个坐垫放在座位上，然后坐下去。经过了也不知道多少时候，我蓦地发现这坐垫已经移到一位中国同学的身子下面去，然而他们两个人都没注意到，当时热闹的情形也可以想见了。

在满洲里的时候，我们曾经买了几瓶啤酒似的东西。一路上，每到一个大车站，我们就下去用铁壶提开水来喝，这几瓶东西却始终珍惜着没有打开。现在却仿佛蓦地有一个默契流过我们每个人的心中，一位同学匆匆忙忙地找出来了一瓶打开，没有问别人，其余的人也都兴高采烈地帮忙找杯子，没有一个人有半点反对的意思。不用说，我们第一杯是捧给这位美丽的女孩子的。她用手接了，先不喝，问我这是什么。我本来不很知道这究竟是什么，反正不过是酒一类的东西，而且我脑子里关于这方面的德文字也就只有一个酒字，就顺口回答说："是酒。"她于是喝了一口，立刻抬起眼含着笑仿佛谴责似的问着我说："你说是酒？"这双眼睛这样大，这样亮，又这样圆，再加上玫瑰花似的微笑，这一切深深地压住了我的心，我本来没有意思辩解，现在更没话可说，其实也不能说什么话了。她没有再说什么，拿出她自己带来的饼干分给我们吃。我们又吃又喝，忘记了现在是在火车上，是在异域；忘记了我们是初相识的异国的青年男女，根本忘记了我们自己，忘记了一切。她皮包里带着许多相片，她一张一张地拿给我们看。我们也把我们身边带的书籍画片，甚至连我们的毕业证书都找出来给她看。小小的车厢里充满了融融的欣悦。一位同学忽然问她叫什么名字，她立刻毫不忸怩地把自己的名字写在我们的簿子上：Wala，一个多么美妙令人一听就神往的名字！

大概将近半夜了吧，我走到另外一个车厢里想去找一个地方睡一会。终于在一个角落里找到一个位子。对面坐了一位大鼻子的中年人。才一出国，看到满车外国人，已经有点觉得生疏；再看了他这大鼻子，仿佛自己已经走进了一个童话的国土里来，有说不出的感觉。这大鼻子仿佛有魔力，把我的眼睛吸住，我非看不行。我敢发誓，我一生还没有看到这样大的鼻子。他耳朵上又罩上了无线电收音机，衬上这生在脸正中的一块大肉，这一切合起来凑成一幅奇异的图案画，看了我再也忍不住笑起来。但他偏又高兴同我说话，说着破碎的英语，一手指着自己的头，一手指着远处坐着的 Wala，头摇了两摇，奇异的图案画上浮起一丝鄙夷微笑。我抬起头来看了看 Wala，才发现她头上戴了一顶红红绿绿的小帽子。刚才我竟没有注意到，我的全部精神都让她的淡红的双腮同圆圆的大眼睛吸住了。现在忽然发现她头上的小帽子，只觉得更增加了她的妩媚。一直到现在我还不明白，这位中年人为何讨厌这一顶同她的秀美的面孔相得益彰的小帽子。

我现在已经忆不起来，我们是怎样分的手。大概是我们，至少是我，坐着朦朦胧胧地睡了会，其间 Wala 就下了车。我当时醒了后确曾觉得非常惋惜，我们竟连一声再会都没能说，这美丽的女孩子就像神龙似的去了。我仿佛看了一个夏夜的流星。但后来自己到了德国，蓦地投到一个新的环境里去，整天让工作压得不能喘一口气。以前在国内的时候，无论是做学生，是教书，尽有余裕的时间让自己的幻想出去飞一飞，上至青天，下至黄泉，到种种奇幻的世界里去翱翔，想到许多荒唐的事情，摹绘给自己种种金色的幻影，然后再回到这个世界里来。现在每天对着自己的全是死板板的现实，自己再没有余裕把幻想放出去，Wala 的影子似乎已经从我的记忆里消逝了去，我再也想不到她了。这样就过去了六个年头。

前两天，一个细雨萧索的初秋的晚上，一位中国同学到我家里来闲谈。谈到附近一个菜园子里新近来了一个波兰女孩子在工作。这女孩子很年轻，长得又非常美丽，父母都很有钱。在波兰刚中学毕业，正要准备进大学的时候，德国军队冲进波兰。在听过几天飞机大炮以后，于是就来了大恐怖，到处是残暴与血光。在风声鹤唳的情况里过了一年，正在庆幸着自己还能活下去的时候，又被希特勒手下的穿黑衣服的两足走兽强迫装进一辆火车里运到德国来，终于被派到哥廷根来，在这个菜园子里做下女。她天天做着牛马的工作，受着牛马的待遇，一生还没有做过这样的苦工。出门的时候，衣襟上还要挂上一个绣着 P 字的黄布，表示她是波兰人，让德国人随时都能注意她的行动；而且也只能白天出门，晚上出去捉起来立刻入监狱。电影院戏院一类娱乐的地方是不许她去的。衣服票鞋票当然领不到，衣服鞋破了也只好将就着穿，所以她这样一个年轻又美丽的女孩子，衣服是破烂不堪的，脚下穿的又是木头鞋。工资少到令人吃惊。回家的希望简直更渺茫，只有天知道，她什么时候能再见到她的故乡，她的父母！我的朋友也不由得叹了一口气。

我的眼前电火似的一闪，立刻浮起 Wala 的面影，难道这个女孩子就是 Wala 么？但立刻我又自己否认，这不会是她的，天下不会有这样凑巧的事情。然而立刻又想到，这女孩子说不定就是 Wala，而且非是她不行；命运是非常古怪的，它有时候会安排下出人意料的事情。就这样，我的脑海里纷乱成一团，躺下无论如何也睡不着，伏在枕上听窗外雨声滴着落叶，一直到不知什么时候。

第二天早晨起来，到研究所去的时候，我就绕路到那菜园子去。这里我以前本来是常走的，一切我都很熟悉。但今天我看到这绿绿的菜畦，黄了叶子的苹果树，中间一座两层的小楼，我的眼前发亮，一切都蓦地对我生疏起来，我仿佛第一次看到这许多东西，我简直失了神似的，觉得以前菜畦没有这样绿，苹果树的叶子也没有黄过，中间并没有这样一座小楼。但现在却清清楚楚地看到眼前有这样一座楼，小小的红窗子就对着黄了叶子的苹果林，小巧得古怪又可爱。我注视这窗口，每一刹那我都盼望着，蓦地会有一个女孩子的头探出来，而且这就是 Wala。在黄了叶子的苹果树下面，我也每一刹那都在盼望着，蓦地会有一个秀挺的少女的身影出现，而且这也就是 Wala。但我什么也没看到。我带了一颗失望的心走到研究所，工作当然做不下去。黄昏回家的时候，我又绕路从这菜园子旁边走过，我直觉地觉得反正在离我住的地方不远的小楼里有一个 Wala 在；但我却没有一点愿望再看这小楼，再注视这窗口，只匆匆走过去，仿佛是一个被检阅的兵士。

以后，我每天要绕路到那菜园子附近去走上两趟。我什么也没看到，而且我也不希望看到什么，因为我现在已经知道，这女孩子不会是 Wala 了。不看到，自己心里终究有一个极渺茫极不成希望的希望：说不定她就真是 Wala。怀了这渺茫的希望，回到家来，每当夜深人静的时候，就把幻想放出去，到种种奇幻的世界里去翱翔，想到许多荒唐的事情，给自己摹描种种金色的幻影。这幻想会自然而然地把我带到六年前的波兰车上。我瞪大了眼睛向眼前的空虚处看去，也自然而然地有一个这样熟悉而又这样生疏的女孩子的面影摇摇曳曳地浮现起来：淡红的双腮，圆圆的大眼睛。

我每次想到的就是这似乎平淡然而却又很深刻的诗句："同是天涯沦落人。"因为，我已经再不怀疑，即使这女孩子不是 Wala，但 Wala 的命运也不会同这女孩子的有什么区别，或者还更坏。她也一定是在看过残暴与血光以后，被另外一个希特勒手下的穿黑衣服的两足走兽强迫装进一辆火车里拖到德国来，在另一块德国土地上，做着牛马的工作，受着牛马的待遇，出门的时候也同样要挂上一个 P 字黄牌，同样不能看到她的父母，她的故乡。但我自己的命运又有什么两样呢？不正有另一群兽类在千山万山外自己的故乡里散布残暴与火光吗？故乡的人们也同样做着牛马的工作，受着牛马的待遇，自己也同样不能见到自己的家属，自己的故乡。“同是天涯沦落人”，但是我们连“相逢”的机会都没有，我真希望我们这曾经一度“相识”者能够相对流一点泪，互相给一点安慰。但是，即使她现在有泪，也只好一个人独洒了，她又到什么地方能找到我呢？有时候，我曾经觉得世界小过，小到令人连呼吸都不自由；但现在我却觉得世界真正太大了。在茫茫的人海里，找寻她，不正像在大海里找寻一粒芥子么？我们大概终不能再会面了。

1941 年于德国哥廷根

第四辑

记趣

马缨花

曾经有很长的一段时间，我孤零零一个人住在一个很深的大院子里。从外面走进去，越走越静，自己的脚步声越听越清楚，仿佛从闹市走向深山。等到脚步声成为空谷足音的时候，我住的地方就到了。

院子不小，都是方砖铺地，三面有走廊。天井里遮满了树枝，走到下面，浓荫匝地，清凉蔽体。从房子的气势来看，从梁柱的粗细来看，依稀还可以看出当年的富贵气象。

这富贵气象是有来源的。在几百年前，这里曾经是明朝的东厂。不知道有多少忧国忧民的志士曾在这里被囚禁过，也不知道有多少人在这里受过苦刑，甚至丧掉性命。据说当年的水牢现在还有迹可寻哩。

等到我住进去的时候，富贵气象早已成为陈迹，但是阴森凄苦的气氛却是原封未动。再加上走廊上陈列的那一些汉代的石棺石椁，古代的刻着篆字和隶字的石碑，我一走回这个院子里，就仿佛进入了古墓。这样的环境，这样的气氛，把我的记忆提到几千年前去；有时候我简直就像是生活在历史里，自己俨然成为古人了。

这样的气氛同我当时的心情是相适应的，我一向又不相信有什么鬼神，所以我住在这里，也还处之泰然。

但是也有紧张不泰然的时候。往往在半夜里，我突然听到推门的声音，声音很大，很强烈。我不得不起来看一看。那时候经常停电。我只能在黑暗中摸索着爬起来，摸索着找门，摸索着走出去。院子里一片浓黑，什么东西也看不见。连树影子也仿佛同黑暗粘在一起，一点都分辨不出来。我只听到大香椿树上有一阵窸窸窣窣的声音，然后咪噢的一声，有两只小电灯似的眼睛从树枝深处对着我闪闪发光。

这样一个地方，对我那些经常来往的朋友们来说，是不会引起什么好感的。有几位在白天还有兴致来找我谈谈，他们很怕在黄昏时分走进这个院子。万一有事，不得不来，也一定在大门口向工友再三打听，我是否真在家里，然后才有勇气，跋涉过那一个长长的胡同，走过深深的院子，来到我的屋里。有一次，我出门去了，看门的工友没有看见。一位朋友走到我住的那个院子里，在黄昏的微光中，只见一地树影，满院石棺，我那小窗上却没有灯光。他的腿立刻抖了起来，费了好大力量，才拖着它们走了出去。第二天我们见面时，谈到这点经历，两人相对大笑。

我是不是也有孤寂之感呢？应该说是有的。当时正是“万家墨面没蒿莱”的时代，北京城一片黑暗。白天在学校里的时候，同青年同学在一起，从他们那蓬蓬勃勃的斗争意志和生命活力里，还可以吸取一些力量和快乐，精神十分振奋。但是，一到晚上，当我孤零一个人走回这个所谓家的时候，我仿佛遗世而独立。没有人声，没有电灯，没有一点活气。在煤油灯的微光中，我只看到自己那高得、大得、黑得惊人的身影在四面的墙壁上晃动，仿佛是有个巨灵来到我的屋内。寂寞像毒蛇似的偷偷地袭来，折磨着我，使我无所逃于天地之间。

在这样无可奈何的时候，有一天，在傍晚的时候，我从外面一走进那个院子，蓦地闻到一股似浓似淡的香气。我抬头一看，原来是遮满院子的马缨花开花了。在这以前，我知道这些树都是马缨花；但是我却没有十分注意它们。今天它们用自己的香气告诉了我它们的存在。这对我似乎是一件新事。我不由得就站在树下，仰头观望：细碎的叶子密密地搭成了一座天棚，天棚上面是一层粉红色的细丝般的花瓣，远处望去，就像是绿云层上浮上了一团团的红雾。香气就是从这一片绿云里洒下来的，洒满了整个院子，洒满了我的全身，使我仿佛游泳在香海里。

花开也是常有的事，开花有香气更是司空见惯。但是，在这样一个时候，这样一个地方，有这样的花，有这样的香，我就觉得很不寻常；有花香慰我寂寥，我甚至有一些近乎感激的心情了。

从此，我就爱上了马缨花，把它当成了自己的知心朋友。

北京终于解放了。1949 年的 10 月 1 日给全中国带来了光明与希望，给全世界带来了光明与希望。这一个具有重大意义的日子在我的生命里划上了一道鸿沟，我仿佛重新获得了生命。可惜不久我就搬出了那个院子，同那些可爱的马缨花告别了。

时间也过得真快，到现在，才一转眼的工夫，已经过去了十三年。这十三年是我生命史上最重要、最充实、最有意义的十三年。我看了很多新东西，学习了很多新东西，走了很多新地方。我当然也看了很多奇花异草。我曾在印度次大陆最南端科摩林海角看到高凌霄汉的巨树上开着大朵的红花；我曾在缅甸的避暑胜地东枝看到开满了小花园的火红照眼的不知名的花朵；我也曾在塔什干看到长得像小树般的玫瑰花。这些花都是异常美妙动人的。

然而使我深深地怀念的却仍然是那些平凡的马缨花。我是多么想见到它们呀！

最近几年来，北京的马缨花似乎多起来了。在公园里，在马路旁边，在大旅馆的前面，在草坪里，都可以看到新栽种的马缨花。细碎的叶子密密地搭成了一座座的天棚，天棚上面是一层粉红色的细丝般的花瓣。远处望去，就像是绿云层上浮上了一团团的红雾。这绿云红雾飘满了北京。衬上红墙、黄瓦，给人民的首都增添了绚丽与芬芳。

我十分高兴。我仿佛是见了久别重逢的老友。但是，我却隐隐约约地感觉到，这些马缨花同我回忆中的那些很不相同。叶子仍然是那样的叶子，花也仍然是那样的花；在短短的十几年以内，它绝不会变了种。它们不同之处究竟何在呢？

我最初确实是有些困惑，左思右想，只是无法解释。后来，我扩大了我回忆的范围，不把回忆死死地拴在马缨花上面，而是把当时所有同我有关的事物都包括在里面。不管我是怎样喜欢院子里那些马缨花，不管我是怎样爱回忆它们，回忆的范围一扩大，同它们联系在一起的不是黄昏，就是夜雨，否则就是迷离凄苦的梦境。我好像是在那些可爱的马缨花上面从来没有见到哪怕是一点点阳光。

然而，今天摆在我眼前的这些马缨花，却仿佛总是在光天化日之下。即使是在黄昏时候，在深夜里，我看到它们，它们也仿佛是生气勃勃，同浴在阳光里一样。它们仿佛想同灯光竞赛，同明月争辉。同我回忆里那些马缨花比起来，一个是照相的底片，一个是洗好的照片；一个是影，一个是光。影中的马缨花也许是值得留恋的，但是光中的马缨花不是更可爱吗？

我从此就爱上了这光中的马缨花。而且我也爱藏在我心中的这一个光与影的对比。它能告诉我很多事情，带给我无穷无尽的力量，送给我无限的温暖与幸福；它也能促使我前进。我愿意马缨花永远在这光中含笑怒放。

1962 年 10 月 1 日

神奇的丝瓜

今年春天，孩子们在房前空地上，斩草挖土，开辟出来了一个一丈见方的小花园。周围用竹竿扎了一个篱笆，移来了一棵玉兰花树，栽上了几株月季花，又在竹篱下面随意种上了几棵扁豆和两棵丝瓜。土壤并不肥沃，虽然也铺上了一层河泥，但估计不会起很大的作用，大家不过是玩玩而已。

过了不久，丝瓜竟然长了出来，而且日益茁壮、长大。这当然增加了我们的兴趣。但是我们也并没有过高的期望。我自己每天早晨工作疲倦了，常到屋旁的小土山上走一走，站一站，看看墙外马路上的车水马龙和亚运会招展的彩旗，顾而乐之，只不过顺便看一看丝瓜罢了。

丝瓜是普通的植物，我也并没有想到会有什么神奇之处。可是忽然有一天，我发现丝瓜秧爬出了篱笆，爬上了楼墙。以后，每天看丝瓜，总比前一天向楼上爬了一大段；最后竟从一楼爬上了二楼，又从二楼爬上了三楼。说它每天长出半尺，绝非夸大之词。丝瓜的秧不过像细绳一般粗。如不注意，连它的根在什么地方，都找不到。这样细的一根秧竟能在一夜之间输送这样多的水分和养料，供应前方，使得上面的叶子长得又肥又绿，爬在灰白色的墙上，一片浓绿，给土墙增添了无量活力与生机。

这当然让我感到很惊奇，我的兴趣随之大大地提高。每天早晨看丝瓜成了我的主要任务。爬小山反而成为次要的了。我往往注视着细细的瓜秧和浓绿的瓜叶，陷入沉思，想得很远，很远……

又过了几天，丝瓜开出了黄花。再过几天，有的黄花就变成了小小的绿色的瓜。瓜越长越长，越长越大，重量当然也越来越增加，最初长出的那一个小瓜竟把瓜秧坠下来了一点，直挺挺地悬垂在空中，随风摇摆。我真是替它担心，生怕它经不住这一份重量，会整个地从楼上坠了下来落到地上。

然而不久就证明了，我这种担心是多余的。最初长出来的瓜不再长大，仿佛得到命令停止了生长。在上面，在三楼一位一百零二岁的老太太的窗外窗台上，却长出来了两个瓜。这两个瓜后来居上，发疯似的猛长，不久就长成了小孩胳膊一般粗了。这两个瓜加起来恐怕有五六斤重，那一根细秧怎么能承担得住呢？我又担心起来。没过几天，事实又证明了我是杞人忧天。两个瓜不知从什么时候忽然弯了起来，把躯体放在老太太的窗台上，从下面看上去，活像两个粗大变弯的绿色牛角。

不知道从哪一天起，我忽然又发现，在两个大瓜的下面，在二三楼之间，在一根细秧的顶端，又长出来了一个瓜，垂直地悬在那里。我又犯了担心病：这个瓜上面够不到窗台，下面也是空空的；总有一天，它越长越大，会把上面的两个大瓜也坠了下来，一起坠到地上，落叶归根，同它的根部聚合在一起。

然而今天早晨，我却看到了奇迹。同往日一样，我习惯地抬头看瓜：下面最小的那一个早已停止生长，孤零零地悬在空中，似乎一点分量都没有；上面老太太窗台上那两个大的，似乎长得更大了，威武雄壮地压在窗台上；中间的那一个却不见了。我看看地上，没有看到掉下来的瓜。等我倒退几步抬头再看时，却看到那一个我认为失踪了的瓜，平着身子躺在抗震加固时筑上的紧靠楼墙凸出的一个台子上。这真让我大吃一惊。这样一个原来垂直悬在空中的瓜怎么忽然平身躺在那里了呢？这个凸出的台子无论是从上面还是从下面都是无法上去的。决不会有人把丝瓜摆平的。

我百思不得其解，徘徊在丝瓜下面，像达摩老祖一样，面壁参禅。我仿佛觉得这棵丝瓜有了思想，它能考虑问题，而且还有行动，它能让无法承担重量的瓜停止生长；它能给处在有利地形的大瓜找到承担重量的地方，给这样的瓜特殊待遇，让它们疯狂地长；它能让悬垂的瓜平身躺下。如果不是这样的话，无论如何也无法解释我上面谈到的现象。但是，如果真是这样的话，又实在令人难以置信。丝瓜用什么来思想呢？丝瓜靠什么来指导自己的行动呢？上下数千年，纵横几万里，从来也没有人说过，丝瓜会有思想。我左考虑，右考虑；越考虑越糊涂。我无法同丝瓜对话。这是一个沉默的奇迹。瓜秧仿佛成了一根神秘的绳子，绿叶子照旧浓翠扑人眉宇。我站在丝瓜下面，陷入梦幻。而丝瓜则似乎心中有数，无言静观，它怡然泰然悠然坦然，仿佛含笑面对秋阳。

1990 年 10 月 9 日

槐　花

自从移家朗润园，每年在春夏之交的时候，我一出门向西走，总是清香飘拂，溢满鼻官。抬眼一看，在流满了绿水的荷塘岸边，在高高低低的土山上面，就能看到成片的洋槐，满树繁花，闪着银光；花朵缀满高树枝头，开上去，开上去，一直开到高空，让我立刻想到新疆天池上看到的白皑皑的万古雪峰。

这种槐树在北方是非常习见的树种。我虽然也陶醉于氤氲的香气中，但却从来没有认真注意过这种花树——惯了。

有一年，也是在这样春夏之交的时候，我陪一位印度朋友参观北大校园。走到槐花树下，他猛然用鼻子吸了吸气，抬头看了看，眼睛瞪得又大又圆。我从前曾看到一幅印度人画的人像，为了夸大印度人眼睛之大，他把眼睛画得扩张到脸庞的外面。这一回我真仿佛看到这一位印度朋友瞪大了的眼睛扩张到面孔以外来了。

“真好看呀！这真是奇迹！”

“什么奇迹呀？”

“你们这样的花树。”

“这有什么了不起呢？我们这里多得很。”

“多得很就不了不起了吗？”

我无言以对，看来辩论下去已经毫无意义了。可是他的话却对我起了作用：我认真注意槐花了，我仿佛第一次见到它，非常陌生，又似曾相识。我在它身上发现了许多新的以前从来没有发现的东西。

在沉思之余，我忽然想到，自己在印度也曾有过类似的情景。我在海德拉巴看到耸入云天的木棉树时，也曾大为惊诧。碗口大的红花挂满枝头，殷红如朝阳，灿烂似晚霞，我不禁大为慨叹：

“真好看呀！简直神奇极了！”

“什么神奇？”

“这木棉花。”

“这有什么神奇呢？我们这里到处都有。”

陪伴我们的印度朋友满脸迷惑不解的神气。我的眼睛瞪得多大，我自己看不到。现在到了中国，在洋槐树下，轮到印度朋友（当然不是同一个人）瞪大眼睛了。

在我们的日常生活中，我们都有这样一个经验：越是看惯了的东西，便越是习焉不察，美丑都难看出。这种现象在心理学上是容易解释的：一定要同客观存在的东西保持一定的距离，才能客观地去观察。难道我们就不能有意识地去改变这种习惯吗？难道我们就不能永远用新的眼光去看待一切事物吗？

我想自己先试一试看，果然有了神奇的效果。我现在再走过荷塘看到槐花，努力在自己的心中制造出第一次见到的幻想，我不再熟视无睹，而是尽情地欣赏。槐花也仿佛是得到了知己，大大小小、高高低低的洋槐，似乎在喃喃自语，又对我讲话。周围的山石树木，仿佛一下子活了起来，一片生机，融融氤氲。荷塘里的绿水仿佛更绿了；槐树上的白花仿佛更白了；人家篱笆里开的红花仿佛更红了。风吹，鸟鸣，都洋溢着无限生气。一切眼前的东西联在一起，汇成了宇宙的大欢畅。

1986 年 6 月 3 日

兔　子

不记得是什么时候，大概总在我们全家刚从一条满铺了石头的古旧的街的北头搬到南头以后，我有了三只兔子。

说起兔子，我从小就喜欢的。在故乡里的时候，同村的许多的家里都养着一窝兔子。在地上掘一个井似的圆洞，不深，在洞底又有向旁边通的小洞。兔子就住在里面。不知为什么，我们却总不记得家里有过这样的洞。每次随了大人往别的养兔子的家里去玩的时候，大人们正在扯不断拉不断絮絮地谈得高兴的当儿，我总是放轻了脚步走到洞口，偷偷地向里瞧——兔子正在小洞外面徘徊着呢。有黑白花的，有纯黑的。我顶喜欢纯白的，因为眼睛红亮得好看。透亮的长耳朵左右摇摆着。嘴也仿佛战栗似的颤动着，在嚼着菜根什么的。蓦地看见人影，都迅速地跑进小洞去了，像一溜溜的白色黑色的烟。倘若再伏下身子去看，在小洞的薄暗里，便只看见一对对的莹透的宝石似的眼睛了。

在我走出了童年以前的某一个春天，记得是刚过了年，因为一种机缘的凑巧，我离开故乡，到一个以湖山著名的都市里去。从栉比的高的楼房的空隙里，我只看到一线蓝蓝的天，这哪里像故乡里锅似的覆盖着的天呢？我看不到远远的笼罩着一层轻雾的树。我看不到天边上飘动的水似的云烟。我嗅不到土的气息。我仿佛住在灰之国里。终日里，我只听到闹嚷嚷的车马的声音。在半夜里，还有小贩的咽声从远处的小巷里飘了过来。我是地之子，我渴望着再回到大地的怀里去。当时，小小的心灵也会感到空漠的悲哀吧。但是，最使我不能忘怀的，占据了我的整个的心的，却还是有着宝石似的眼睛的故乡里的兔子。

也不记得是几年以后了，总之是在秋天，叔父从望口山回家来，仆人挑了一担东西。上面是用蒲包装的有名的肥桃，下面有一个木笼。我正怀疑木笼里会装些什么东西，仆人已经把木笼举到我的眼前了——战栗似的颤动着的嘴，透亮的长长的耳朵，红亮的宝石似的眼睛……这不正是我梦寐渴望的兔子么？记得他临到望口山去的时候，我曾向他说过，要他带几个兔子回来。当时也不过随意一说，现在居然真带来了。这仿佛把我拉回了故乡里去。我是怎么狂喜呢？笼里一共有三只：一只大的，黑色，像母亲；两只小的，白色。我立刻舍弃了美味的肥桃，东跑西跑，忙着找白菜，找豆芽，喂它们。我又替它们张罗住处，最后就定住在我的床下。

童年在故乡里的时候，伏在别人的洞口上，羡慕人家的兔子，现在居然也有三只在我的床下了。对我，这简直比童话还不可信。最初，才从笼里放出来的时候，立刻就有猫挤上来。兔子仿佛很胆怯，伏在地上，不敢动。耳朵紧贴在头上，只有嘴颤动得更厉害。把猫赶走了，才慢慢地试着跑。我一转眼，大的早领着两只小的躲在花盆后面了。再一转眼，早又跑到床下面去了。有了兔子以后的第一个夜里，我躺在床上，辗转着睡不沉，听兔子在床下嚼着豆芽的声音，我仿佛浮在云堆里。已经忘记了做过些什么样的梦了。

就这样，我的床下面便凭空添了三个小生命。每当我坐在靠窗的一张桌子的旁边读书的时候，兔子便偷偷地从床下面踱出来，没有一点声音。我从书页上面屏息地看着它们——先是大的一探头，又缩回去；再一探头，走出来了，一溜黑烟似的。紧随着的是两只小的，都白得像一团雪，眼睛红亮，像——我简直说不出像什么。像玛瑙么？比玛瑙还光莹。就用这小小的红亮的眼睛四面看着，走到从花盆里垂出的拂着地的草叶下面，嘴战栗似的颤动几下，停一停，走到书架旁边；嘴战栗似的颤动几下，停一停，走到小凳下面；嘴战栗似的颤动几下，停一停，忽然我觉得有软茸茸的东西靠上了我的脚了。我知道是小兔正伏在我的脚下，我忍耐着不敢动。不知怎的，腿忽然一抽。我再看时，一溜黑烟，两溜白烟，兔子都藏到床下面去了。伏下身子去看，在床下面暗黑的角隅里，便只看见莹透的宝石似的一对对的眼睛了。

是秋天，前面已经说过，我住的屋的窗外有一棵海棠树。以前常听人说，兔子是顶孱弱的，猫对它便是个大的威胁。在兔子没来我床下面住以前，屋里也常有猫的踪迹。门关严了的时候，这棵海棠树就成了猫来我屋里的路。自从有了兔子以后，在冷寂的秋的长夜里，我常常无所谓的蓦地醒转来。——窗外风吹着落叶，窸窣地响，我疑心是猫从海棠树上爬上了窗子。绵连的夜雨击着落叶，窸窣地响，我又疑心是猫爬上了窗子。我静静地等着，不见有猫进来。低头看时，兔子正在地上来回地跑着，在微明的灯光里，更像一溜溜的黑烟和白烟了。眼睛也更红亮得像宝石了。当我正要蒙眬睡去的时候，恍惚听到“咪”的一声，看窗子上破了一个洞的地方，正有两颗灯似的眼睛向里瞅着。

第二天早晨起来，第一件要做的事情，就是伏下头去看兔子丢了没有。看到两个小兔两团白絮似的偎在大的身旁熟睡的时候，心里仿佛得到点安慰。过了一会，再回到屋里来读书的时候，又可以看到它们在脚下来回地跑了。其实并没有什么声息，屋里总仿佛充满了生气与欢腾似的。周围的空气，也软浓浓地变得甜美了。兔子也渐渐不胆怯起来。看见我也不很躲避了。第一次一个小兔很驯顺地让我抚摸的时候，我简直欢喜得流泪呢。

倘若我的记忆靠得住的话，大约总有半个秋天，就在这样的颇有诗意的情况里度过去。我还能模模糊糊地记得：兔子才在笼里装来的时候，满院子都挤满了花。我一闭眼，还能看到当时院子里飘动的那一层淡淡的绿色。兔子常从屋里跑出来，到花盆缝里去玩，金鱼缸里的子午莲还仿佛从水面上突出两朵白花来。只依稀有一点影。这记忆恐怕靠不大住了。随了这绿色，这金鱼缸，我又能看到靠近海棠树的涂上了红油绿油的窗子嵌着一方不小的玻璃，上面有雨和土的痕迹。窗纸上还粘着几条蜘蛛丝，窗子里面就是我的书桌，再往里，就是床，兔子就住在床下面……这一切都仿佛在眼前浮动。但又像烟，像雾，眼看就要幻化到空蒙里去了。

我不是说大概过了有半个秋天么？——等到院子里的花草渐渐地减少了，立刻显得很空阔。落叶却在阶下多起来，金鱼缸里早没了水。天更蓝，更长；澹远的秋有转入阴沉的冬的样儿了。就在这样一个蓝天的早晨，我又照例伏下身子，去看兔子丢了没有。——奇怪，床下面空空的，仿佛少了什么东西似的。再仔细看，只看到两个小兔凄凉地互相偎着睡。它们的母亲跑到哪里去了呢？我立刻慌了。汗流遍了全身。本来，几天以来，大兔子的胆更大了，常常自己偷跑到天井里去。这次恐怕又是自己偷跑出去了吧。但各处，屋里，屋外，都找到了，没有影，回头又看到两个小兔子偎在我的脚下，一种莫名其妙的凄凉袭进了我的心。我哭了，我是很早就离开母亲的。我时常想到她。我感到凄凉和寂寞。看来这两个小兔子也同我一样地感到凄凉和寂寞吧。我没地方倾诉，除非在梦里，小兔子又向哪里，而且又怎样倾诉呢？——我又哭了。

起初，我还有希望，我希望大兔子会自己跑回来，蓦地给我一个大的欢喜。但是一天一天地过去，我这希望终于成了泡影。我却更爱这两个小兔子了。以前我爱它们，因为它们红亮的眼睛，雪絮似的软毛。这以后的爱里，却掺入了同情。有时我还想拿我的爱抚来弥补它们失掉母亲的悲哀。但这哪是可能的呢？眼看它们渐渐消瘦了下去。在屋里跑的时候也不像以前那样轻快了。时常偎到我的脚下来。我把它们抱在怀里，也驯顺地伏着不动。当我看到它们踽踽地走开的时候，小小的心真的充满了无名的悲哀呢！

这样的情况也没能延长多久，两三天以后，我忽然发现在屋里跑着的只有一个兔子，那个同伴到哪里去了呢？我又慌了，又各处地找：墙隅，桌下，又在天井里各处找，低声唤着，落叶在脚下索索地响。终于，没有影。当我看到这剩下的一个小生命孤独地踱着的时候，再听檐边秋天特有的风声，眼泪又流下来了。——它在找它的母亲吗？找它的兄弟吗？为什么连叹息一声也不呢？宝石似的眼睛里也仿佛含着晶莹的泪珠了。夜里，在微明的灯光下，我不见它在床下沉睡；它只是不停地在屋里跑着。这冷硬的土地，这漫漫的秋的长夜，没有母亲、没有兄弟偎着，凄凉的冷梦萦绕着它。它怎能睡得下去呢？

第二天的早晨，天更蓝，蓝得有点古怪。小屋里照得通明，小兔在我眼前跑过的时候，洁白的茸毛上，仿佛有一点红，一闪，我再看，就在透明红润的耳朵旁边，发现一点血痕——只一点，衬了雪白的毛，更显得红艳，像鸡血石上的斑，像西天一点晚霞。我却真有点焦急了。我听人说，兔子只要见血，无论多少，哪怕一滴，就会死去的。这剩下的一个没有母亲、没有兄弟的孤独的小生命也要死去吗？我不相信，这比神话还渺茫，然而摆在眼前的却就是那一点红艳的血痕，怎样否认呢？我把它抱了起来，它仿佛也知道有什么不幸要临到它身上，只伏在我的怀里，不动，放下，也不大跑了。就在这天的末尾，在黄昏的微光里，当我再伏下头去看床下的时候，除了一堆白菜和豆芽之外，什么也看不到了。我各处找了找，也没找到什么。我早知道有什么事情要发生。而且，我也想：这样也倒好的。不然，孤零零的一个活在这世界上，得不到一点温热，在凄凉和寂寞的袭击下，这长长的一生又怎样消磨呢？我不哭，但是眼泪却流在肚子里去了，悲哀沉重地压在心头，我想到了故乡里的母亲。

就这样，半个秋天以来，在我床下面跑出跑进的三个兔子一个都不见了。我再坐在靠窗的桌子旁读书的时候，从书页上面，什么都看不到了。从有着风和雨的痕迹的玻璃窗里望出去：海棠树早落净了叶子，只剩下秃光的枝干，撑着晴晴的秋的长空。夜里，我再听到外面，窸窸窣窣地响的时候，我又疑心是猫。我从朦胧中醒转来，虽然有时也会在窗洞里看到两盏灯似的圆圆的眼睛。但是看床下的时候，却没有兔子来回地踱着了。眼一花，便会看到满地历乱的影子，一溜黑烟，一溜白烟，再仔细看，有什么呢？什么也没有，只有暗淡的灯照彻了冷寂的秋夜，外面又窸窣地响，是雨吧？冷栗，寂寞，混上了一点轻微空漠的悲哀，压住了我的心。一切都空虚。我能再做什么样的梦呢？

1934 年 2 月 16 日

老　猫

老猫虎子蜷曲在玻璃窗外窗台上一个角落里，缩着脖子，眯着眼睛，浑身一片寂寞、凄清、孤独、无助的神情。

外面正下着小雨，雨丝一缕一缕地向下飘落，像是珍珠帘子。时令虽已是初秋，但是隔着雨帘，还能看到紧靠窗子的小土山上丛草依然碧绿，毫无要变黄的样子。在万绿丛中赫然露出一朵鲜艳的红花。古诗“万绿丛中一点红”，大概就是这般光景吧。这一朵小花如火似燃，照亮了浑茫的雨天。

我从小就喜爱小动物。同小动物在一起，别有一番滋味。它们天真无邪，率性而行；有吃抢吃，有喝抢喝；不会说谎，不会推诿；受到惩罚，忍痛挨打；一转眼间，照偷不误。同它们在一起，我心里感到怡然，坦然，安然，欣然。不像同人在一起那样，应对进退、谨小慎微，斟酌词句、保持距离，感到异常的别扭。

十四年前，我养的第一只猫，就是这个虎子。刚到我家来的时候，比老鼠大不了多少。蜷曲在窄狭的窗内窗台上，活动的空间好像富富有余。它并没有什么特点，仅只是一只最平常的狸猫，身上有虎皮斑纹，颜色不黑不黄，并不美观。但是异于常猫的地方也有，它有两只炯炯有神的眼睛，两眼一睁，还真虎虎有虎气，因此起名叫虎子。它脾气也确实暴烈如虎。它从来不怕任何人。谁要想打它，不管是用鸡毛掸子，还是用竹竿，它从不回避，而是向前进攻，声色俱厉。得罪过它的人，它永世不忘。我的外孙打过一次，从此结仇。只要他到我家来，隔着玻璃窗子，一见人影，它就做好准备，向前进攻，爪牙并举，吼声震耳。他没有办法，在家中走动，都要手持竹竿，以防万一，否则寸步难行。有一次，一位老同志来看我，他显然是非常喜欢猫的。一见虎子，嘴里连声说着："我身上有猫味，猫不会咬我的。"他伸手想去抚摩它，可万万没有想到，我们虎子不懂什么猫味，回头就是一口。这位老同志大惊失色。总之，到了后来，虎子无人不咬，只有我们家三个主人除外，它的"咬声"颇能耸人听闻了。

但是，要说这就是虎子的全面，那也是不正确的。除了暴烈咬人以外，它还有另外一面，这就是温柔敦厚的一面。我举一个小例子。虎子来我们家以后的第三年，我又要了一只小猫。这是一只混种的波斯猫，浑身雪白，毛很长，但在额头上有一小片黑黄相间的花纹。我们家人管这只猫叫洋猫，起名咪咪；虎子则被尊为土猫。这只猫的脾气同虎子完全相反：胆小、怕人，从来没有咬过人。只有在外面跑的时候，才露出一点野性。它只要有机会溜出大门，但见它长毛尾巴一摆，像一溜烟似的立即窜入小山的树丛中，半天不回家。这两只猫并没有血缘关系。但是，不知道是由于什么原因，一进门，虎子就把咪咪看作是自己的亲生女儿。它自己本来没有什么奶，却坚决要给咪咪喂奶，把咪咪搂在怀里，让它咂自己的干奶头，它眯着眼睛，仿佛在享着天福。我在吃饭的时候，有时丢点鸡骨头、鱼刺，这等于猫们的燕窝、鱼翅。但是，虎子却只蹲在旁边，瞅着咪咪一只猫吃，从来不同它争食。有时还“咪噢”上两声，好像是在说：“吃吧，孩子！安安静静地吃吧！”有时候，不管是春夏还是秋冬，虎子会从西边的小山上逮一些小动物，麻雀、蚱蜢、蝉、蛐蛐之类，用嘴叼着，蹲在家门口，嘴里发出一种怪声。这是猫语，屋里的咪咪，不管是睡还是醒，耸耳一听，立即跑到门后，馋涎欲滴，等着吃母亲带来的佳肴，大快朵颐。我们家人看到这样母子亲爱的情景，都由衷地感动，一致把虎子称作“义猫”。有一年，小咪咪生了两个小猫。大概是初做母亲，没有经验，正如我们圣人所说的那样“未有学养子而后嫁者也”，人们能很快学会，而猫们则不行。咪咪丢下小猫不管，虎子却大忙特忙起来，觉不睡，饭不吃，日日夜夜把小猫搂在怀里。但小猫是要吃奶的，而奶正是虎子所缺的。于是小猫暴躁不安，虎子眉头一皱，计上心来，叼起小猫，到处追着咪咪，要它给小猫喂奶。还真像一个姥姥样子，但是小咪咪并不领情，依旧不给小猫喂奶。有几天的时间，虎子不吃不喝，瞪着两只闪闪发光的眼睛，嘴里叼着小猫，从这屋赶到那屋；一转眼又赶了回来。小猫大概真是受不了啦，便辞别了这个世界。

我看了这一出猫家庭里的悲剧又是喜剧，实在是爱莫能助，惋惜了很久。

我同虎子和咪咪都有深厚的感情。每天晚上，它们俩抢着到我床上去睡觉。在冬天，我在棉被上面特别铺上了一块布，供它们躺卧。我有时候半夜里醒来，神志一清醒，觉得有什么东西重重地压在我身上，一股暖气仿佛透过了两层棉被，扑到我的双腿上。我知道，小猫睡得正香，即使我的双腿由于僵卧时间过久，又酸又痛，但我总是强忍着，绝不动一动双腿，免得惊了小猫的轻梦。它此时也许正梦着捉住了一只耗子。只要我的腿一动，它这耗子就吃不成了，岂非大煞风景吗？

这样过了几年，小咪咪大概有八九岁了。虎子比它大三岁，十一二岁的光景。依然威风凛凛，脾气暴烈如故，见人就咬，大有死不改悔的神气。而小咪咪则出我意料地露出了下世的光景。常常到处小便，桌子上，椅子上，沙发上，无处不便。如果到医院里去检查的话，大夫在列举的病情中一定会有一条的：小便失禁。最让我心烦的是，它偏偏看上了我桌子上的稿纸。我正写着什么文章，然而它却根本不管这一套，跳上去，屁股往下一蹲，一泡猫尿流在上面，还闪着微弱的光。说我不急，那不是真的。我心里真急，但是，我谨遵我的一条戒律：决不打小猫一掌，在任何情况之下，也不打它。此时，我赶快把稿纸拿起来，抖掉了上面的猫尿，等它自己干。心里又好气，又好笑，真是哭笑不得。家人对我的嘲笑，我置若罔闻，“全等秋风过耳边”。

我不信任何宗教，也不皈依任何神灵。但是，此时我却有点想迷信一下。我期望会有奇迹出现，让咪咪的病情好转。可世界上是没有什么奇迹的，咪咪的病一天一天地严重起来。它不想回家，喜欢在房外荷塘边上石头缝里待着，或者藏在小山的树木丛里。它再也不在夜里睡在我的被子上了。每当我半夜里醒来，觉得棉被上轻飘飘的，我惘然若有所失，甚至有点悲伤了。我每天凌晨起来，第一件事情就是拿着手电到房外塘边山上去找咪咪。它浑身雪白，是很容易找到的。在薄暗中，我眼前白白地一闪，我就知道是咪咪。见了我，“咪噢”一声，起身向我走来。我把它抱回家，给它东西吃，它似乎根本没有口味。我看了直想流泪。有一次，我拖着疲惫的身子，走几里路，到海淀的肉店里去买猪肝和牛肉。拿回来，喂给咪咪，它一闻，似乎有点想吃的样子；但肉一沾唇，它立即又把头缩回去，闭上眼睛，不闻不问了。

有一天傍晚，我看咪咪神情很不妙，我预感要发生什么事情。我唤它，它不肯进屋。我把它抱到篱笆以内，窗台下面。我端来两只碗，一只盛吃的，一只盛水。我拍了拍它的脑袋，它偎依着我，“咪噢”叫了两声，便闭上了眼睛。我放心进屋睡觉。第二天凌晨，我一睁眼，三步并作一步，手里拿着手电，到外面去看。哎呀不好！两碗全在，猫影顿杳。我心里非常难过，说不出是什么滋味。我手持手电找遍了塘边，山上，树后，草丛，深沟，石缝。有时候，眼前白光一闪。“是咪咪！”我狂喜。走近一看，是一张白纸。我嗒然若丧，心头仿佛被挖掉了点什么。“屋前屋后搜之遍，几处茫茫皆不见。”从此我就失掉了咪咪，它从我的生命中消逝了，永远永远地消逝了。我简直像是失掉了一个好友，一个亲人。至今回想起来，我内心里还颤抖不止。

在我心情最沉重的时候，有一些通达世事的好心人告诉我，猫们有一种特殊的本领，能知道自己什么时候寿终。到了此时此刻，它们绝不待在主人家里，让主人看到死猫，感到心烦，或感到悲伤。它们总是逃了出去，到一个最僻静、最难找的角落里，地沟里、山洞里、树丛里，等候最后时刻的到来。因此，养猫的人大都在家里看不见死猫的尸体。只要自己的猫老了，病了，出去几天不回来，他们就知道，它已经离开了人世，不让举行遗体告别的仪式，永远永远不再回来了。

我听了以后，憬然若有所悟。我不是哲学家，也不是宗教家，但却读过不少哲学家和宗教家谈论生死大事的文章。这些文章多半有非常精辟的见解，闪耀着智慧的光芒，我也想努力从中学习一些有关生死的真理。结果却是毫无所得。那些文章中，除了说教以外，几乎没有什么有用的东西。大半都是老生常谈，不能解决什么实际问题，没能给我留下深刻的印象。现在看来，倒是猫们临终时的所作所为，即使仅仅是出于本能吧，却给了我很大的启发。人们难道就不应该向猫们学习这一点经验吗？有生必有死，这是自然规律，谁都逃不过。中国历史上的赫赫有名的人物，秦皇、汉武，还有唐宗，想方设法，千方百计，想求得长生不老。到头来仍然是竹篮子打水一场空，只落得黄土一抔，“西风残照汉家陵阙”。我辈平民百姓又何必煞费苦心呢？一个人早死几个小时，或者晚死几个小时，甚至几天，实在是无所谓的小事，绝影响不了地球的转动，社会的前进。再退一步想，现在有些思想开明的人士，不想长生不死，不想在大地上再留黄土一抔；甚至开明到不要遗体告别，不要开追悼会。但是仍会给后人留下一些麻烦：登报，发讣告，还要打电话四处通知，总得忙上一阵。何不学一学猫们呢？它们这样处理生死大事，干得何等干净利索呀！一点痕迹也不留，走了，走了，永远地走了，让这花花世界的人们不见猫尸，用不着落泪，照旧做着花花世界的梦。

我忽然联想到我多次看过的敦煌壁画上的西方净土变。所谓“净土”，指的就是我们常说的天堂、乐园，是许多宗教信徒烧香念佛，查经祷告，甚至实行苦行，折磨自己，梦寐以求想到达的地方。据说在那里可以享受天福，得到人世间万万得不到的快乐。我看了壁画上画的房子、街道、树木、花草，以及大人、小孩，林林总总，觉得十分热闹。可我觉得没有什么出奇之处。只有一件事给我留下了永不磨灭的印象，那就是，那里的人们都是笑口常开，没有一个人愁眉苦脸，他们的日子大概过得都很惬意。不像在我们人间有这样许多不如意的事情，有时候办点事，还要找后门，钻空子。在他们的商店里——净土里面还实行市场经济吗？他们还用得着商店吗？——售货员大概都很和气，不给人白眼，不训斥“上帝”，不扎堆闲侃，不给人钉子碰。这样的天堂乐园，我也真是心向往之的。但是给我印象最深，使我最为吃惊或者羡慕的还是他们对待要死的人的态度。那里的人，大概同人世间的猫们差不多，能预先知道自己寿终的时刻。到了此时，要死的老嬷嬷或者老头，健步如飞地走在前面，身后簇拥着自己的子子孙孙、至亲好友，个个喜笑颜开，全无悲戚的神态，仿佛是去参加什么喜事一般，一直把老人送进坟墓。后事如何，壁画不是电影，是不能动的。然而画到这个程序，以后的事尽在不言中。如果一定要画上填土封坟，反而似乎是多此一举了。我觉得，净土中的人们给我们人类争了光。他们这一手比猫们又漂亮多了。知道必死，而又兴高采烈，多么豁达！多么聪明！猫们能做得到吗？这证明，净土里的人们真正参透了人生奥秘，真正参透了自然规律。人为万物之灵，他们为我们人类在同猫们对比之下真真增了光！真不愧是净土！

上面我胡思乱想得太远了，还是回到我们人世间来吧。我坦白承认，我对人生的奥秘参透得还不够，我对自然规律参透得也还不够。我仍然十分怀念我的咪咪。我心里仿佛有一个空白，非填起来不行。我一定要找一只同咪咪一模一样的白色波斯猫。后来果然朋友又送来了一只，浑身长毛，洁白如雪，两只眼睛全是绿的，亮晶晶像两块绿宝石。为了纪念死去的咪咪，我仍然为它命名"咪咪"，见了它，就像见到老咪咪一样。过了大约又有一年的光景，友人又送了我一只据说是纯种的波斯猫，两只眼睛颜色不同，一黄一蓝。在太阳光下，黄的特别黄，蓝的特别蓝，像两颗黄蓝宝石，闪闪发光，竞妍争艳。这只猫特别调皮，简直是胆大无边，然而也因此就更特别可爱。这一下子又忙坏了虎子，它认为这两只小猫都是自己的亲生女儿，硬逼着它们吮吸自己那干瘪的奶头。只要它走出去，不知在什么地方弄到了小鸟、蚱蜢之类，就带回家来，给两只小猫吃。好久没有听到的"咪噢"唤小猫的声音，现在又听到了。我心里漾起了一丝丝甜意。这大大地减轻了我对老咪咪的怀念。

可是岁月不饶人，也不会饶猫的。这一只"土猫"虎子已经活到十四岁。据通达世情的人们说，猫的十四岁，就等于人的八九十岁。这样一来，我自己不是成了虎子的同龄"人"了吗？这个虎子却也真怪。有时候，颇现出一些老相。两只炯炯有神的眼睛里忽然被一层薄膜蒙了起来。嘴里流出了哈喇子，胡子上都沾得亮晶晶的。不大想往屋里来，日日夜夜趴在阳台上、蜂窝煤堆上，不吃，不喝。我有了老咪咪的经验，知道它快不行了。我也跑到海淀，去买来牛肉和猪肝，想让它不要饿着肚子离开这个世界。我随时准备着：第二天早晨一睁眼，虎子不见了。结果虎子并没有这样干。我天天凌晨第一件事就是来看虎子；隔着窗子，依然黑乎乎的一团，卧在那里。我心里感到安慰。有时候，它也起来走动了。我在本文开头时写的就是去年深秋一个下雨天我隔窗看到的虎子的情况。

到了今天，半年又过去了。虎子不但没有走，而且顽健胜昔，仍然是天天出去。有时候在晚上，窗外的布帘子的一角蓦地被掀了起来，一个丑角似的三花脸一闪。我便知道，这是虎子回来了，连忙开门，放它进来。大概同某一些老年人一样——不是所有的老年人——到了暮年就改恶向善，虎子的脾气大大地改变了。几乎再也不咬人了。我早晨摸黑起床，写作看书累了，常常到门外湖边山下去走一走。此时，我冷不防脚下忽然踢着了一团软乎乎的东西。这是虎子。它在夜里不知道在什么地方待了一夜，现在看到了我，一下子蹿了出来，用身子蹭我的腿，在我身前和身后转悠。它跟着我，亦步亦趋，我走到哪里，它就跟到哪里，寸步不离。我有时故意爬上小山，以为它不会跟来了，然而一回头，虎子正跟在身后。猫是从来不跟人散步的，只有狗才这样干。有时候碰到过路的人，他们见了这情景，都大为吃惊。“你看猫跟着主人散步哩！”他们说，露出满脸惊奇的神色。最近一个时期，虎子似乎更精力旺盛了，它返老还童了。有时候竟带一个它重孙辈的小公猫到我们家阳台上来。“今夜我们相识。”虎子用不着介绍就相识了。看样子，虎子一去不复返的日子遥遥无期了。我成了拥有三只猫的家庭的主人。

我养了十几年猫，前后共有四只。猫们向人们学习什么，我不通猫语，无法询问。我作为一个人却确实向猫学习了一些有用的东西。上面讲过的对处理死亡的办法，就是一个例子。我自己毕竟年纪已经很大了，常常想到死的问题。鲁迅五十多岁就想到了，我真是瞠乎后矣。人生必有死，这是无法抗御的。而且我还认为，死也是好事情。如果世界上的人都不死，连我们的轩辕老祖和孔老夫子今天依然峨冠博带，坐着奔驰车，到天安门去遛弯，你想人类世界会成一个什么样子！人是百代的过客，总是要走过去的，这绝不会影响地球的转动和人类社会的进步。每一代人都只是一场没有终点的长途接力赛的一环。前不见古人，后不见来者，是宇宙常规。人老了要死，像在净土里那样，应该算是一件喜事。老人跑完了自己的一棒，把棒交给后人，自己要休息了，这是正常的。不管快慢，他们总算跑完了一棒，总算对人类的进步做出了贡献，总算尽上了自己的天职。年老了要退休，这是身体精神状况所决定的，不是哪个人能改变的。老人们会不会感到寂寞呢？我认为，会的。但是我却觉得，这寂寞是顺乎自然的，从伦理的高度来看，甚至是应该的。我始终主张，老年人应该为青年人活着，而不是相反。青年人有接力棒在手，世界是他们的，未来是他们的，希望是他们的。吾辈老年人的天职是尽上自己仅存的精力，帮助他们前进，必要时要躺在地上，让他们踏着自己的躯体前进，前进。如果由于害怕寂寞而学习《红楼梦》里的贾母，让一家人都围着自己转，这不但是办不到的，而且从人类前途利益来看是犯罪的行为。我说这些话，也许有人怀疑，我是不是碰到了什么不如意的事，才说出这样令某些人骇怪的话来。不，不，绝不。我现在身体顽健，家庭和睦，在社会上广有朋友，每天照样读书、写作、会客、开会不辍。我没有不如意的事情，也没有感到寂寞。不过自己毕竟已逾耄耋之年，面前的路有限了。不免有时候胡思乱想。而且，我同猫们相处久了，觉得它们有些东西确实值得我们学习，我们这些万物之灵应该屈尊一下，学习学习。即使只学到猫们处理死亡大事这一手，我们社会上会减少多少麻烦呀！

“那么，你是不是准备学习呢？”我仿佛听到有人这样质问了。是的，我心里是想学习的。不过也还有些困难。我没有猫的本能，我不知道自己的大限何时来到。而且我还有点担心。如果我真正学习了猫，有一天忽然偷偷地溜出了家门，到一个旮旯里、树丛里、山洞里、河沟里，一头钻进去，藏了起来，这样一来，我们人类社会可不像猫社会那样平静，有些人必然认为这是特大新闻，指手画脚，嘁嘁喳喳。我的亲属和朋友也必将派人出去寻找，派的人也许比寻找彭加木的人还要多。这是多么可怕的事呀！因此我就迟疑起来。至于最后究竟何去何从？我正在考虑、推敲、研究。

1992 年 2 月 17 日

月是故乡明

每个人都有个故乡，人人的故乡都有个月亮。人人都爱自己故乡的月亮。事情大概就是这个样子。

但是，如果只有孤零零一个月亮，未免显得有点孤单。因此，在中国古代诗文中，月亮总有什么东西当陪衬，最多的是山和水，什么“山高月小”“三潭印月”等等，不可胜数。

我的故乡是在山东西北部大平原上。我小的时候，从来没有见过山，也不知山为何物，我曾幻想，山大概是一个圆而粗的柱子吧，顶天立地，好不威风。以后到了济南，才见到山，恍然大悟：山原来是这个样子呀。因此，我在故乡里望月，从来不同山联系。像苏东坡说的“月出于东山之上，徘徊于斗牛之间”，完全是我无法想象的。

至于水，我的故乡小村却大大地有。几个大苇坑占了小村面积一多半。在我这个小孩子眼中，虽不能像洞庭湖“八月湖水平”那样有气派，但也颇有一点烟波浩渺之势。到了夏天，黄昏以后，我在坑边的场院里躺在地上，数天上的星星。有时候在古柳下面点起篝火，然后上树一摇，成群的知了飞落下来。比白天用嚼烂的麦粒去粘要容易得多。我天天晚上乐此不疲，天天盼望黄昏早早来临。

到了更晚的时候，我走到坑边，抬头看到晴空一轮明月，清光四溢，与水里的那个月亮相映成趣。我当时虽然还不懂什么叫诗兴，但也顾而乐之，心中油然有什么东西在萌动。有时候在坑边玩很久，才回家睡觉。在梦中见到两个月亮叠在一起，清光更加晶莹澄澈。第二天一早起来，到坑边苇子丛里去捡鸭子下的蛋，白白地一闪光，手伸向水中，一摸就是一个蛋。此时更是乐不可支了。

我只在故乡待了六年，以后就离乡背井，漂泊天涯。在济南住了十多年，在北京度过四年，又回到济南待了一年。然后在欧洲住了近十一年，重又回到北京，到现在已经四十多年了。在这期间，我曾到过世界上将近三十个国家。我看过许许多多的月亮。在风光旖旎的瑞士莱芒湖上，在平沙无垠的非洲大沙漠中，在碧波万顷的大海中，在巍峨雄奇的高山上，我都看到过月亮，这些月亮应该说都是美妙绝伦的，我都异常喜欢。但是，看到它们，我立刻就想到我故乡中那个苇坑上面和水中的那个小月亮。对比之下，无论如何我也感到，这些广阔世界的大月亮，万万比不上我那心爱的小月亮。不管我离开我的故乡多少万里，我的心立刻就飞来了。我的小月亮，我永远忘不掉你！

我现在已经年近耄耋。住的朗润园是燕园胜地。夸大一点说，此地有茂林修竹，绿水环流，还有几座土山，点缀其间。风光无疑是绝妙的。前几年，我从庐山休养回来，一个同在庐山休养的老朋友来看我。他看到这样的风光，慨然说："你住在这样的好地方，还到庐山去干嘛呢！"可见朗润园给人印象之深。此地既然有山，有水，有树，有竹，有花，有鸟，每逢望夜，一轮当空，月光闪耀于碧波之上，上下空蒙，一碧数顷，而且荷香远溢，宿鸟幽鸣，真不能不说是赏月胜地。荷塘月色的奇景，就在我的窗外。不管是谁来到这里，难道还能不顾而乐之吗？

然而，每值这样的良辰美景，我想到的却仍然是故乡苇坑里的那个平凡的小月亮。见月思乡，已经成为我经常的经历。思乡之病，说不上是苦是乐，其中有追忆，有惆怅，有留恋，有惋惜。流光如逝，时不再来。在微苦中实有甜美在。

月是故乡明。我什么时候能够再看到我故乡里的月亮呀！我怅望南天，心飞向故里。

1989 年 11 月 3 日

晨　趣

一抬头，眼前一片金光：朝阳正跳跃在书架顶上玻璃盒内日本玩偶藤娘身上，一身和服，花团锦簇，手里拿着淡紫色的藤萝花，都熠熠发光，而且闪灼不定。

我开始工作的时候，窗外暗夜正在向前走动。不知怎样一来，暗夜已逝，旭日东升。这阳光是从哪里流进来的呢？窗外一棵高大的梧桐树，枝叶繁茂，仿佛张开了一张绿色的网。再远一点，在湖边上是成排的垂柳。所有这一些都不利于阳光的穿透。然而阳光确实流进来了，就流在藤娘身上……

然而，一转瞬间，阳光忽然又不见了，藤娘身上，一片阴影。窗外，在梧桐和垂柳的缝隙里，一块块蓝色的天空。成群的鸽子正盘旋飞翔在这样的天空里，黑影在蔚蓝上面划上了弧线。鸽影落在湖中，清晰可见，好像比天空里的更富有神韵，宛如镜花水月。

朝阳越升越高，透过浓密的枝叶，一直照到我的头上。我心中一动，阳光好像有了生命，它启迪着什么，它暗示着什么。我忽然想到印度大诗人泰戈尔，每天早上对着初升的太阳，静坐沉思，幻想与天地同体，与宇宙合一。我从来没达到这样的境界，我没有这一份福气。可是我也感到太阳的威力，心中思绪腾翻，仿佛也能洞察三界，透视万有了。

现在我正处在每天工作的第二阶段的开头上。紧张地工作了一个阶段以后，我现在想缓松一下，心里有了余裕，能够抬一抬头，向四周，特别是窗外观察一下。窗外风光如旧，但是四季不同：春花，秋月，夏雨，冬雪，情趣各异，动人则一。现在正是夏季，浓绿扑人眉宇，鸽影在天，湖光如镜。多少年来，当然都是这个样子。为什么过去我竟视而不见呢？今天，藤娘身上一点闪光，仿佛照透了我的心，让我抬起头来，以崭新的眼光，来衡量一切，眼前的东西既熟悉，又陌生，我仿佛搬到了一个新的地方，把我好奇的童心一下子都引逗起来了。我注视着藤娘，我的心却飞越茫茫大海，飞到了日本，怀念起赠送给我藤娘的室伏千津子夫人和室伏佑厚先生一家来。真挚的友情温暖着我的心……

窗外太阳升得更高了。梧桐树椭圆的叶子和垂柳的尖长的叶子，交织在一起，椭圆与细长相映成趣。最上一层阳光照在上面，一片嫩黄；下一层则处在背阴处，一片黑绿。远处的塔影，屹立不动。天空里的鸽影仍然在划着或长或短、或远或近的弧线。再把眼光收回来，则看到里面窗台上摆着的几盆君子兰，深绿肥大的叶子，给我心中增添了绿色的力量。

多么可爱的清晨，多么宁静的清晨！

此时我怡然自得，其乐陶陶。我真觉得，人生毕竟是非常可爱的，大地毕竟是非常可爱的。我有点不知老之已至了。我这个从来不写诗的人心中似乎也有了一点诗意。

此身合是诗人未？
鸽影湖光入目明。

我好像真正成为一个诗人了。

1988 年 10 月 13 日晨

听　雨

从一大早就下起雨来。下雨，本来不是什么稀罕事儿，但这是春雨，俗话说："春雨贵如油。"而且又在罕见的大旱之中，其珍贵就可想而知了。

"润物细无声"，春雨本来是声音极小极小的，小到了"无"的程度。但是，我现在坐在隔成了一间小房子的阳台上，顶上有块大铁皮。楼上滴下来的檐溜就打在这铁皮上，打出声音来，于是就不"细无声"了。按常理说，我坐在那里，同一种死文字拼命，本来应该需要极静极静的环境，极静极静的心情，才能安下心来，进入角色，来解读这天书般的玩意儿。这种雨敲铁皮的声音应该是极为讨厌的，是必欲去之而后快的。

然而，事实却正相反。我静静地坐在那里，听到头顶上的雨滴声，此时有声胜无声，我心里感到无量的喜悦，仿佛饮了仙露，吸了醍醐，大有飘飘欲仙之慨了。这声音时慢时急，时高时低，时响时沉，时断时续，有时如金声玉振，有时如黄钟大吕，有时如大珠小珠落玉盘，有时如红珊白瑚沉海里，有时如弹素琴，有时如舞霹雳，有时如百鸟争鸣，有时如兔落鹘起，我浮想联翩，不能自已，心花怒放，风生笔底。死文字仿佛活了起来，我也仿佛又溢满了青春活力。我平生很少有这样的精神境界，更难为外人道也。

在中国，听雨本来是雅人的事。我虽然自认还不是完全的俗人，但能否就算是雅人，却还很难说。我大概是介乎雅俗之间的一种动物吧。中国古代诗词中，关于听雨的作品是颇有一些的。顺便说上一句：外国诗词中似乎少见。我的朋友章用回忆表弟的诗中有“频梦春池添秀句，每闻夜雨忆联床”，是颇有一点诗意的。连《红楼梦》中的林妹妹都喜欢李义山的“留得残荷听雨声”之句。最有名的一首听雨的词当然是宋代蒋捷的《虞美人》，词不长，我索性抄它一下：

少年听雨歌楼上，红烛昏罗帐。壮年听雨客舟中，江阔云低、断雁叫西风。

而今听雨僧庐下，鬓已星星也。悲欢离合总无情。一任阶前、点滴到天明。

蒋捷听雨的心情，是颇为复杂的。他是用听雨这一件事来概括自己的一生的，从少年、壮年一直到老年，达到了“悲欢离合总无情”的境界。但是，古今对老的概念，有相当大的悬殊。他是“鬓已星星也”，有一些白发，看来最老也不过五十岁左右。用今天的眼光看，他不过是介乎中老之间，同我自己比起来，我已经到了望九之年，鬓边早已不是“星星也”，顶上已是“童山濯濯”了。要讲达到“悲欢离合总无情”的境界，我比他有资格。我已经能够“纵浪大化中，不喜亦不惧”了。

可我为什么今天听雨竟也兴高采烈呢？这里面并没有多少雅味，我在这里完全是一个“俗人”。我想到的主要是麦子，是那辽阔原野上的青春的麦苗。我生在乡下，虽然六岁就离开，谈不上干什么农活，但是我拾过麦子，捡过豆子，割过青草，劈过高粱叶。我血管里流的是农民的血，一直到今天垂暮之年，毕生对农民和农村怀着深厚的感情。农民最高希望是多打粮食。天一旱，就威胁着庄稼的成长。即使我长期住在城里，下雨一少，我就望云霓，自谓焦急之情，决不下于农民。北方春天，十年九旱。今年似乎又旱得邪行。我天天听天气预报，时时观察天上的云气。忧心如焚，徒唤奈何。在梦中也看到的是细雨蒙蒙。

今天早晨，我的梦竟实现了。我坐在这长宽不过几尺的阳台上，听到头顶上的雨声，不禁神驰千里，心旷神怡。在大大小小、高高低低，有的方正、有的歪斜的麦田里，每一个叶片都仿佛张开了小嘴，尽情地吮吸着甜甜的雨滴，有如天降甘露，本来有点黄萎的，现在变青了。本来是青的，现在更青了。宇宙间凭空添了一片温馨、一片祥和。

我的心又收了回来，收回到了燕园，收回到了我楼旁的小山上，收回到了门前的荷塘内。我最爱的二月兰正在开着花。它们拼命从泥土中挣扎出来，顶住了干旱，无可奈何地开出了红色的、白色的小花，颜色如故，而鲜亮无踪，看了给人以孤苦伶仃的感觉。在荷塘中，冬眠刚醒的荷花，正准备力量向水面冲击。水当然是不缺的，但是，细雨滴在水面上，画成了一个个的小圆圈，方逝方生，方生方逝。这本是人类中的诗人所欣赏的东西，小荷花看了也高兴起来，劲头更大了，肯定会很快地钻出水面。

我的心又收近了一层，收到了这个阳台上，收到了自己的脑子里，头顶上叮当如故，我的心情怡悦有加。但我时时担心，它会突然停下来。我潜心默祷，祝愿雨声长久响下去，响下去，永远也不停。

1995 年 4 月 13 日

上海菜市场

上海尽有看不够数不清的高楼大厦，跑不完走不尽的大街小巷，满目琳琅的玻璃橱窗，车水马龙的繁华闹市；但是，我们的许多外国朋友却偏要去看一看早晨的菜市场。这是完全可以理解的。我们刚到上海的时候不是也想到菜市上去看一看吗?

那还是几年前的一个早晨，在太阳刚刚升起来的时候，踏着熹微的晨光，到一个离开旅馆不远的菜市场去。

到了邻近菜市场的地方，市场的气氛就逐渐浓了起来。熙熙攘攘的人群，摩肩擦背，来来往往。许多老大娘的菜篮子里装满了蔬菜海味鸡鸭鱼肉。有的篮子里活鱼在摇摆着尾巴，肥鸡在咯咯地叫着。老大娘带着一脸笑意，满怀愉快，走回家去。

一走进菜市场，仿佛走进了另一个世界。这里面五光十色，令人眼花缭乱。但是，仔细一看，所有的东西却又都摆得整整齐齐，有条不紊。菜摊子、肉摊子、鱼虾摊子、水果摊子，还有其他的许许多多的摊子，分门别类，秩序井然，又各有特点，互相辉映。你就看那蔬菜摊子吧。这里有各种不同的颜色：紫色的茄子、白色的萝卜、红色的西红柿、绿色的小白菜，纷然杂陈，交光互影。这里又有各种不同的线条：大冬瓜又圆又粗，豆荚又细又长，白菜的叶子又扁又宽。就这样，不同的颜色、不同的线条，紧密地摆在一起，于纷杂中见统一。我的眼一花，我觉得，眼前不是什么菜摊子，而是一幅出自名家手笔的彩色绚丽、线条鲜明的油画或水彩画。

不只菜摊子是这样，其他的摊子也莫不如此，卖鱼的摊子上，活鱼在水里游泳，十几斤重的大鲤鱼躺在案板上。卖鸡鸭的摊子上，鸡鸭在笼子里互相召唤。卖肉的摊子上，整片的猪肉、牛肉和羊肉挂在那里。还为穆斯林设了卖牛、羊肉的专柜。在其他的摊子上，鸡蛋和鸭蛋堆得像小山，一个个闪着耀眼的白光。咸肉和板鸭成排挂在架子上，肥得仿佛就要滴下油来。水果摊子更是琳琅满目。肥大的水蜜桃、大个儿的西瓜、又黄又圆的香瓜、白嫩的鲜藕，摆在一起，竞妍斗艳。我眼前仿佛看到葳蕤的果子园、十里荷香的池塘、翠叶离离的瓜地。难道这不是一幅美妙无比的图画吗?

说是图画，这只是一时的幻象。说真的，任何图画也比不上这一些摊子。图画里面的东西是死的、不能动的。这里的东西却随时在流动。原来摆在架子上的东西，一转眼已经到了老大娘的菜篮子里。她们站在摊子前面，眯细了眼睛，左挑右拣，直到选中了自己想买的东西为止。至于价钱，她们是不发愁的，因为东西都不贵。结果是皆大欢喜，在一片闹闹嚷嚷的声中，大家都买到了中意的东西。她们原来的空篮子不久就满了起来。当她们转回家去的时候，她们手中的篮子也像是一幅幅美丽的图画了。

我们的外国朋友是住在旅馆里的，什么东西都不缺少。但是他们看到这些美丽诱人的东西，一方面啧啧称赞，一方面又跃跃欲试，也都想买点什么。有人买了几个大香瓜，有人买了几斤西红柿，还有人买了一些豆腐干。这样就会使本来已经很丰富的餐桌更加丰富多彩。我们的外国朋友也皆大欢喜了。

1963 年 9 月 27 日

我爱北京的小胡同

我爱北京的小胡同，北京的小胡同也爱我，我们已经结下了永恒的缘分。

六十多年前，我到北京来考大学，就下榻于西单大木仓里面一条小胡同中的一个小公寓里。白天忙于到沙滩北大三院去应试。北大与清华各考三天，考得我焦头烂额，精疲力尽；夜里回到公寓小屋中，还要忍受臭虫的围攻，特别可怕的是那些臭虫的空降部队，防不胜防。

但是，我们这一帮山东来的学生仍然能够苦中作乐。在黄昏时分，总要到西单一带去逛街。街灯并不辉煌，“无风三尺土，有雨一街泥”，也会令人不快。我们却甘之若饴。耳听铿锵清脆、悠扬有致的京腔，如闻仙乐。此时鼻管里会蓦地涌入一股幽香，是从路旁小花摊上的栀子花和茉莉花那里散发出来的。回到公寓，又能听到小胡同中的叫卖声：“驴肉！驴肉！”“王致和的臭豆腐！”其声悠扬、深邃，还含有一点凄清之意。这声音把我送入梦中，送到与臭虫搏斗的战场上。

将近五十年前，我在欧洲待了十年多以后，又回到了故都。这一次是住在东城的一条小胡同里：翠花胡同，与南面的东厂胡同为邻。我住的地方后门在翠花胡同，前门则在东厂胡同，据说就是明朝的特务机关东厂所在地，是折磨、囚禁、拷打、杀害所谓“犯人”的地方，冤死之人极多，他们的鬼魂据说常出来显灵。我是不相信什么鬼怪的，我感兴趣的不是什么鬼怪显灵，而是这一所大房子本身。它地跨两个胡同，其大可知。里面重楼复阁，回廊盘曲，院落错落，花园重叠，一个陌生人走进去，必然是如入迷宫，不辨东西。

然而，这样复杂的内容，无论是从前面的东厂胡同，还是从后面的翠花胡同，都是看不出来的。外面十分简单，里面十分复杂；外面十分平凡，里面十分神奇。这是北京许多小胡同共有的特点。

据说当年黎元洪大总统在这里住过。我住在这里的时候，北大校长胡适住在黎住过的房子中。我住的地方仅仅是这个大院子中的一个旮旯，在西北角上。但是这个旮旯也并不小，是一个三进的院子，我第一次体会到“庭院深深深几许”的意境。我住在最深一层院子的东房中，院子里摆满了汉代的砖棺。这里本来就是北京的一所“凶宅”，再加上这些棺材，黄昏时分，总会让人感觉到鬼影憧憧，毛骨悚然。所以很少有人敢在晚上来拜访我。我每日“与鬼为邻”，倒也过得很安静。

第二进院子里有很多树木，我最初没有注意是什么树。有一个夏日的晚上，刚下过一阵雨，我走在树下，忽然闻到一股幽香。原来这些是马缨花树，现在树上正开着繁花，幽香就是从这里散发出来的。

这一下子让我回忆起十几年前西单的栀子花和茉莉花的香气。当时我是一个十九岁的大孩子，现在成了中年人。相距将近二十年的两个我，忽然融合到一起来了。

不管是六十多年，还是五十年，都成为过去了。现在北京的面貌天天在改变，层楼摩天，国道宽敞。然而那些可爱的小胡同，却日渐消逝，被摩天大楼吞噬掉了。看来在现实中小胡同的命运和地位都要日趋消沉，这是不可抗御的，也不一定就算是坏事。可是我仍然执着地关心我的小胡同。就让它们在我的心中占一个地位吧，永远，永远。

我爱北京的小胡同，北京的小胡同也爱我。

1993 年 10 月 25 日